近代名家首版著作導讀叢書

樂府文學史

導讀

羅根澤 编述

上海科学技术文献出版社
Shanghai Scientific and Technological Literature Press

樂府文學史

羅根澤编述

图书在版编目(CIP)数据

《乐府文学史》导读/罗根泽编述. —上海:上海科学技术文献出版社,2020
(近代名家首版著作导读丛书)
ISBN 978-7-5439-8058-7

Ⅰ.①乐… Ⅱ.①罗… Ⅲ.①乐府诗—诗歌史—中国—古代 Ⅳ.①I207.209

中国版本图书馆 CIP 数据核字(2020)第 007791 号

组稿编辑:张　树
责任编辑:苏密娅

《乐府文学史》导读

罗根泽　编述

*

上海科学技术文献出版社出版发行
(上海市长乐路 746 号　邮政编码 200040)
全 国 新 华 书 店 经 销
四川省南方印务有限公司印刷

*

开本 880×1230　1/32　印张 9.75　字数 195 000
2020 年 5 月第 1 版　　2020 年 5 月第 1 次印刷
ISBN 978-7-5439-8058-7
定价:138.00 元
http://www.sstlp.com

导读

罗根泽（1900—1960），字雨亭，河北深州人。古典文学研究家。毕业于清华大学研究院和燕京大学国学研究所。1955年加入中国作家协会。教学之余，著述颇丰。著有《诸子丛考》《诸子续考》《中国古典文学论集》《隋唐文学批评史》《晚唐五代文学批评史》《中国古典文学论集》《中国文学批评史》等。

《乐府文学史》原为罗根泽编述的《中国文学史类编》第二编，20世纪30年代首次出版时以现行书名单本刊行。本书是中国文学史上第一次详尽梳理、系统研究"乐府"的专著。在书中，作者对何谓"乐府"做了明确的界定和分类，并按时代顺序，根据各阶段的特色，选择适当的阐述方式，分别对两汉、魏晋、南北朝和隋唐时期，或是创造或是模仿的乐府诗歌进行了综合性分析与评述，详细论述了乐府文学自发生至衰落的演变轨迹。本书史料搜罗广泛，立论有据，笔调流畅，对后世研究者极具参考价值。

樂府文學史

羅根澤編述

自序

一

慚愧，我也來編中國文學史！

十八年的秋天，我答應了河南中山大學之聘，講授中國文學史及其他的功課。生平有一種怪脾氣，不好喫不勞而獲的「現成飯」，很迷信古文大家曾國藩的話：『凡菜蔬手植而手擷者，其味彌甘也。』中國文學史雖然已經有了許多的本子，但被逼於不喫「現成飯」的我，却不能不來嘗嘗「手植手擷」「其味彌甘」的滋味。

現有的中國文學史，各有各的見解，各有各的長處，但是它們的組織，好像是差不多，總是『自從盤古到如今』捱字捱板的敘下。外國文學史便不全是這樣，儘有先分類別，再依時代敘述的。現在，我要將此法倣來編中國文學史，給它一個名字叫『中國文學史類編』。

我擬分的類別：

一、歌謠，

二、樂府，

三、詞，

四、戲曲，

五、小說，

六、詩，

七、賦，

八、駢散文。

這樣便一定比純依時代敘述的好嗎？我不敢說；——不過我也有我的理由：

我相信一種文學的變遷的原因，和並時的其他文學的影響，終不及和前代的同類文學的影響大。譬如五言詩的全盛時期是建安時代，其所以能臻全盛的原因，是因為自東漢章和以來，五言詩即繼續發展，一步一步地走到建安時代，遂至登峯造極的地位；和當時的賦，當時的散文，並沒有多大的關係。

再如韓退之柳子厚的古文，它的完成，也不是因為當時的詩歌，而是因為自隋以來，即由六朝駢儷的反響，造成古文運動，經了唐初以至中世的許多古文大家的努力與創造，才能成功韓柳的集大成的古文。

所以若純依時代敘述，即便將一代的各種文學派別敘述得詳詳細細，其來龍去脈，恐怕仍然不能十分清楚。——固然它有它的好處，但就這一點看來，終久是個大大的缺憾。拿普通史來說罷：打算知道一種文物制度的原委，不能不求之於分類編次的九通之類，至於斷代的二十四史，總覺得不容易得到要領。

我並不反對純依時代敘述的文學史，並不反對斷代史。「言非一端，義各有當。」你要看一代的事蹟，當然要看斷代史；你要看一個時代的文學，當然要看純時代敘述的文學史；你要看各種文學生於何時？盛於何時？分化於何時？衰滅於何時？因何而生？因何而盛？因何而分化？因何而衰滅？則純依時代敘述的文學史恐怕不甚方便。

文學史的責任是什麽？不是死板板的排比，是要考究各種文學的流變及其所以有此流變的原因，察往知來，以確定此後各種文學的正當途軌。——假使此言不錯，那末，我要擁護我的分類敘述法。

我的分類敘述法，固然以類爲主，但是也不能不分時期。談到分時期，更是言人人殊的各有各的理由，或分爲三期，或分爲四期，或分爲五期，或分爲六期，五花八門，好不熱鬧。我以爲文學的背景雖多，但政治經濟確爲重要原因。他們不按朝代分期，說是打破「傳統的以代爲期的謬見」。但是我們睜開眼看一看全部的文學，是不是因爲改朝換代而生出顯然不同的現象？就樂府說罷：漢代重在社會問題，魏代則浸入頹喪的人生觀的意味，六代則情歌最多，唐初則空中樓閣的表現着理想國的境界，中唐以後則又漸漸地走到社會問題上邊，——這不是顯然的受了政治的經濟的影響嗎？所以我不敢躲避「開倒車」的譏誚，不敢盲目的學着時髦，仍然以朝代爲期。

荀子說『五帝以外無傳人，五帝以內無傳政。』這明明的告訴我們：五帝以外連神話式的傳說都沒有，五帝以內才渺渺茫茫的有幾個神話中的古帝，但是他們的文物制度則絕無傳說。所以三皇五帝的文學，我是不敢相信的；三皇以上更不用說；即堯舜禹湯我也不敢多信。但是古書著錄的很多，現在的人也儘有高唱着三皇五帝的文學的，不能不拿來考訂一下，以定其眞僞。——述上古夏商第一期。

周代的文學，便已漸漸的可觀了。春秋，戰國，皆屬於周，秦皇統一，爲時無幾，於文字方面雖有改革，於文學方面則缺乏建設，所以附在周後。——述周秦第二期。

兩漢中間雖有王莽之變，但不久旋平，一切文物制度，兩漢幾乎相同，學風也差不多，社會經濟各方面也沒有多大的變動，所以表現的文學，也大致相類。——述兩漢第三期。

曹魏始終未能統一，晉代統一未久，旋又散亂，人民整日價生活於兵荒馬亂之間；又加上帶有消極的出世的佛教文明，侵入中土；由是表現的文學，滿蘊着求仙的，出世的，縱慾的，頹喪的人生觀的意味。——述魏晉第四期。

到了六代南北朝，中原的故家大族，逃到江左，享受着苟且偸安的生活；北方的野蠻民族，在秣馬厲兵過着爭長爭雄的日子。表現的兩種文學，遂生出顯然的差別。比而觀之，可以看出文學和民族，地方的關係。——述南北朝第五期。

隋代統一，文學也隨着有『南北合』的色彩；惜爲時太暫，建設未遑。唐代繼之，得着長時期的休養生息，各種文學皆有盡量發展的機會，成功一種合南北而一之的新文學。——述隋朝第六期。

五代之亂極矣，干戈興，學校廢，但通俗文學却蓬蓬勃勃的發達起來；

上承晚唐，下開兩宋，這也是有價值的一頁呀。——述五代第七期。

兩宋雖有南北之別，但散文方面，韻文方面，其趨向皆無多大的區別，這也大概是有政治的關係吧？——述兩宋第八期。

遼金元同爲北方新興民族，同在濡沐華風，成功一種帶有北方新興民族色彩的中國文學。——述遼金元第九期。

明代缺乏革舊建新的文學，承襲前代，繼續發展者則甚多，惟雜劇一種似爲有明最大的貢獻。——述明代第十期。

滿淸有二三百年的承平，各種學問皆有發展的機會，惟淸儒貴學賤藝，故藝不如學；而小說一類，則遠非前代所可及。——述淸代第十一期。

淸末東西交通，文學漸受歐西及日本的影響，但大率融新於舊，沒有根本的改革。到民初胡適之陳獨秀諸先生提倡文學革命，以白話爲文，以白話爲詩，實爲數千年中國文學上之一大革新。——述現代第十二期。

這是就中國全部文學分的，每一類的文學未必都有這樣長的歷史。譬如樂府起於西漢，亡於中唐，西漢以前，中唐以後都沒有。這只好有者按期壙敍，無者闕略。

雖然這樣一刀裁齊的分期，對各類的局部文學未必沒有遷就之嫌。但我編的是全部的中國文學史，不是局部的一類文學史，當然不能顧小失大，而要爲全部著想。且說我還有一種計畫：雖然依類分述，希望讀者得到各類文學之源流，演化的現象與過程；但同時也願意讀者得到任何一個時代之各類文學發達的情形。所以分期不能不畫一，俾讀者願研究任何一時的全部文學（各類文學），得將各編中之敍此時期者，抽出籀讀。所以我的中國文學史類編，是『以類爲經，以時爲緯』；『以類爲編，以時爲章』。指望讀者一方面得到各類文學的豎的觀念，一方面也得到全部文學的橫的觀念。

全書組織，如下圖：

時期＼類別	歌謠	樂府	詞	戲曲	小說	詩	賦	駢散文
上古夏商 第一期								
周秦 第二期								
兩漢 第三期								
魏晉 第四期								
南北朝 第五期								
隋唐 第六期								
五代 第七期								
兩宋 第八期								
遼金元 第九期								
明 第十期								
清 第十一期								
現代 第十二期								

（竪爲類別，爲編；橫爲時期，爲章。竪讀可知各類文學之演化，橫讀可知各時文學之狀況。）

我這文學史類編的編纂計畫，大略如此。我的取材計畫，似乎也有一說的必要：

清初考據學大家顧亭林曾經用着很巧妙的比喻，說當世學者治學的取材，有開山採銅，利用廢銅兩種。

什麼是開山採銅？就是披荆棘，斬草萊的到原料書裏找材料；譬如作文學史便在各種文學書裏找材料。

什麼是利用廢銅？就是東鈔西鈔的割裂各種組織書裏的材料；譬如作文學史在各種文學史書裏找材料。

我以為作一種學問，不當很偸巧的僅採利用廢銅的辦法；因為如此換湯不換藥的搗花樣，任你的法寶弄得怎樣巧妙，也必致於陳陳相因的沒有新材料，沒有新發現，沒有新貢獻。不過很有價值的整理出來的東西，我們也不必很呆氣的不看，致使現成的有價值的新說忽畧過去。所以我的計畫，是：首要開山採銅，次再利用廢銅。

這種編纂法，在中國還是一種嘗試，雖然不敢說「茲事體大」，但也不能承認是件極小的工作；添上我這不甘僅用廢銅的取材法，便益發覺得難上加難了。「嘗試成功自古無」，看我的努力吧！

二

現在要說到樂府一類了。著述之規，考訂之意，大都散見篇中，沒有復贅的必要。對樂府作系統的研究者，我還沒有見過，我這區區幾萬字的小册子，恐怕便是第一次了。

我深信椎輪可以進爲大輅，但也深信椎輪終久是粗糙的椎輪，精美的大輅還須等待着繼續的改善。椎輪必定粗糙，況又出之學淺才微的我！做大輅的人在那裏，我很盼望他趕快來做！

全部樂府的系統研究書，我是沒有見過的，局部的我却已經看見過。我這本樂府文學史，採取他人說最多的，兩漢則有先師梁任公先生的美文史裏兩漢樂府一章（未刻），唐代則有胡適之先生的白話文學史裏八世紀的新樂府一章，因爲求讀者便利，多好未曾一一注明，記此以誌謝忱。

黎劭西先生爲我題字，程蘊輝先生爲我介紹在文化學社出版，也一併謝謝。

這本小册子原是中國文學史類編第二編，因爲要印單本，似以暫且題名樂府文學史。

羅根澤一九，九，三〇，在天津女子師範學院。

樂府文學史目次

第五章　隋唐樂府

第六章　結論

樂府文學史

羅根澤編述

——中國文學史類編第二編——

第一章　緒論

一　樂府之義界

樂之起源蓋甚早。荀子樂論曰：『夫樂者樂也，人情之所必不免也。故人不能無樂，樂則必發於聲音，形於動靜。而人之道，聲音動靜性術之變盡是矣。』發於聲音則爲樂，形於動靜則舞，知樂舞乃人性之自然表現，先民之初，蓋已與生俱來矣。

但『樂府』之名，則發生甚晚。漢書禮樂志（以下省稱漢志）：『至武帝定郊祀之禮，……乃立樂府，采詩夜誦。有越代秦楚之謳。以李延年爲協律都尉，多舉司馬相如等數十人，造爲詩賦，畧論律呂，以合八音之調，作十九章之歌。』顏師古注：『樂府之名，蓋始於此。哀帝時罷之。』藝文志亦曰：『自武帝立樂府而采歌謠，於是有趙代之謳，秦楚之風。』李延年傳亦云：『延年善歌，爲新變聲。是時上方興天地諸祀，欲造樂，令司馬相如等作詩頌，延年輒承意弦歌所造詩，爲之新聲曲。』

觀此，知『樂府』始於漢武，本爲官署之名，其職在采詩歌，被以管弦以入樂，故後世遂以樂府官署所采獲保存之詩歌爲樂府。然禮樂志又載『孝惠二年，使樂府令夏侯寬……』云云，似『樂府』之署，設置已久。其寔不然。志曰：『初高祖既定天下，過沛，與故人父老相樂，醉酒歡哀，作風起之詩，令沛中僮兒百二十人，習而歌之。至孝惠時，以沛宮爲原廟，皆令歌兒習吹以相和，常以百二十人爲員。至文景之間，禮官肄業而已。』然則武帝之前，有樂府令，而無樂府官署之設；孝惠以沛宮爲原廟，文景不過禮官肄業。故雖有樂府令，無可述之價值；故論『樂府文學』者，宜以武帝立樂府署爲第一頁也。

據漢志，樂府文學之成分，約有兩種：一，民間歌謠；二，文人詩賦。但兩種未必皆能合樂，故又使通音樂者，增刪潤色，以協律呂。如相和歌清調曲之苦寒行，其本辭爲：

北上太行山，艱哉何巍巍。羊腸坂詰屈，車輪爲之摧。樹木何蕭瑟，北風聲正悲。熊羆對我蹲，虎豹夾路啼。谿谷少人民，雪落何霏霏。延頸長歎息，遠行多所懷。我心何怫鬱，思欲一東歸。水深橋梁絕，中路正徘徊。迷惑失故路，薄莫無宿棲。行行日已遠，人馬同時飢。擔囊行取薪，斧冰持作糜。悲彼東山詩，悠悠令我哀。

晉樂所奏者，則改爲：

北上太行山，艱哉何巍巍。太行山，艱哉何巍巍。羊腸坂詰屈，車輪爲之摧。（一解）

樹木何蕭瑟，北風聲正悲。何蕭瑟，北風聲正悲。熊羆對我蹲，虎豹夾路啼。（二解）

谿谷少人民，雪落何霏霏。少人民，雪落何霏霏。延頸長歎息，遠行多所懷。（三解）

我心何佛鬱，思欲一東歸。何佛鬱，思欲一東歸。水深橋梁絕，中道正徘徊。（四解）

迷惑失徑路，瞑無所宿棲。失徑路，瞑無所宿棲。行行日以遠，人馬同時飢。（五解）

擔囊行取薪，斧冰持作糜。擔囊行取薪，斧冰持作糜。悲彼東山詩，悠悠使我哀。（六解）——魏武帝作，見樂府詩集卷三十三。

再如塘上行，其變動之處更多。本辭爲：

蒲生我池中，其葉何離離。傍能行仁義，莫若妾自知。衆口鑠黃金，使君生別離。念君去我時，獨愁常苦思。想見君顏色，感結傷心脾。念君常苦悲，夜夜不能寐。莫以豪賢故，棄捐素所愛。莫以魚肉賤，棄捐葱與薤。莫以麻枲賤，棄捐菅與蒯。出亦復苦愁，入亦復苦愁。邊地多悲風，樹木何修修。從君致獨樂，延年壽千秋。

晉樂所奏，則改爲：

蒲生我池中，其葉何離離。傍能行人儀，莫能縷自知。衆口鑠黃金，使君生離別。（一解。按『離別』應校乙。）

念君去我時，獨愁常苦悲。想見君顏色，感結傷心脾，今悉夜夜愁不寐。（二解）

莫用豪賢故，莫用豪賢故，棄捐素所愛。莫用魚肉貴，棄捐葱與薤。莫用麻枲賤，棄捐菅

與蒯。(三解)

倍思者苦枯，倍思者苦枯，蹶船常苦沒。教君安息定，慎莫致倉卒。念與君一共離別，亦當何時共坐復相對。(四解)

出亦復苦愁，出亦復苦愁，入亦復苦愁。邊地多悲風，樹木何蕭蕭。今日樂復樂，延年壽千秋。(五解)

樂府詩集(卷三十五)引鄴都故事，此歌最初爲魏文帝甄皇后所作。言：后爲郭皇后所讚，文帝賜死後宮，臨終爲詩曰：

蒲生我池中，其葉何離離。豈無蒹葭艾，與君生別離。莫以賢豪故，棄捐素所愛。莫以麻枲賤，棄捐菅與蒯。莫以魚肉賤，棄捐蔥與薤。

此說是否可信，此歌是否甄后作，第弗深考。要之，此爲所舉「本辭」之本辭，則無疑也。觀此，知無論歌，詩，賦，入樂時每多增刪修改，不盡存本來面目。職是，遂產生此種非歌謠，非詩賦之「樂府文學」。

樂府中，除民間歌謠，文人詩賦外，尚有音樂家自撰詞，自製譜者。如晉書樂志下曰：『李延年因胡曲，更造新聲二十八解』。雜曲中有秦女休行，相如歌辭平調曲有董成從軍行，雉朝飛短歌行，爲魏以新聲被寵之左延年作。由此以觀，古時所謂樂府，包有三種成分：

(1)民間歌謠
(2)文人詩賦　}二種大概須經音樂家修改。
(3)音樂家自製歌詞

右三種，皆古初創製之樂府歌詞。逮後世，又有仿效之作，由是樂府之範圍日廣。仿效之作，可別爲兩種：

(一)入樂者
(二)不入樂者

茲先述入樂者。入樂者，又可分爲兩種：

(1)按舊譜製詞者　樂府歌譜，既已行世，後人遂每依照其譜，別製新詞，亦如後世詞曲之按譜塡詞也。此又可分爲二種：

（A）用舊譜而仍存其名者　此類最多，魏晉樂府，幾於全屬此類。惟雖用舊譜，而所詠泰半不與原歌同意。如鐃歌有所思，吳兢樂府古題要解曰：『右其詞大畧言：有所思，乃在大海南。何用問遺君，雙珠（原作殊，疑誤。）瑇瑁簪。聞君有他心，燒之，當風揚其灰。從今以往，勿復相思，而與君絕也。若齊王融如何有所思，梁劉繪別離安可再，但言離別而已』。亦有與原歌畧有同異者。如陌上桑，樂府古題要解曰：『右古詞：「日出東南隅，照我秦氏樓。」……案其歌詞稱羅敷採桑陌上，為使君所邀，羅敷盛誇其夫為侍中郎以拒之。……若晉陸士衡扶升朝暉等，但歌佳人好會，與古調始同而末異』。又間有與原歌大旨相彷者。如短歌行，樂府古題要解曰：『右魏武帝「對酒當歌，人生幾何」。晉陸士衡「置酒高堂，悲歌臨觴」。皆言當及時為樂也』。

（B）用舊譜而改其名者　如漢書禮樂志曰：『武德舞者，高祖四年作。……孝景采武德舞以為昭德。……孝宣采昭德舞為盛德』。再如宋書樂志一曰：「文帝（魏）黃初二年，改漢巴渝舞曰昭武舞，改宗廟安世樂曰正世樂，嘉至樂曰迎靈樂，武德樂曰武頌樂，昭容樂曰昭業樂，雲翹舞曰鳳翔舞，育命舞曰靈應舞，武德舞曰武頌舞，文始舞曰大昭舞，五行舞曰大武舞」。

(2)改換聲譜者　聲有改換者，如漢書禮樂志曰：「周有房中樂，至秦名曰壽人，……高祖樂楚聲，故房中樂楚聲也」。據此知房中樂在周秦非楚聲，至漢高祖始因樂楚聲而改爲楚聲。宋書樂志一曰：「周又有房中樂，秦改曰壽人，其聲楚聲也，漢高好之」。蓋誤解漢志。（周雖好房中諸樂，而詞已不見，故茲樂府篇自漢敘起）。譜有改換者，如吳兢云：「薤露歌，蒿里行。右喪歌，舊曲本出於田橫門人，歌以喪橫。一章言人命奄忽如薤上之露易晞滅也。……二章言人死精魄歸於蒿里。……至漢武帝時，李延年分爲二曲；薤露送王公貴人，蒿里送士大夫庶人，挽柩者歌之」。又如樂府詩集卷四十四曰：「清商樂，……遭梁陳亡亂，存者益寡。及隋平陳得之，文帝善其節奏，曰：「此華夏正聲也」。乃微更損益，去其哀怨，考而補之，以新定律呂，更造樂器。因於太常置清商署以官之，謂之「清樂」。此則仿效之中，有改作之義矣。

今再述不入樂者。不入樂者，又可分為三種：

(A)用樂府舊名者　承用樂府舊名，而所詠未必與舊歌相同，亦未曾入樂。此類，魏晉時蓋已多有，於時仿古樂府，頗為盛行，未必皆被於樂。觀魏晉樂所奏每與本辭有損益，則祗有本辭者，諒非皆曾入樂。宋書樂志一「(王)肅私造宗廟詩頌十二篇，不被哥」。至梁陳隋唐，此等用樂府舊名而不入樂之作，遂幾擅一時詞壇矣。

(B)摘樂府歌詞為題者　如樂府詩集卷三十三苦寒行下引樂府解題曰：「晉樂奏魏武帝北上篇，備言冰雪谿谷之苦。其後或謂之北上行，蓋因武帝辭而擬之也」。按武帝辭，首句為「北上太行山」故云。唐李白有北上行。

(C)自擬題製詞者　不用古題，自己製詞命名。如元稹樂府古題序曰：

「近代唯詩人杜甫悲陳陶，哀江頭，兵車，麗人等，凡所歌行，舉皆卽事名篇，無復倚傍。余少時與友人白樂天李公垂輩謂是爲當，遂不復擬賦古題」。

右三種，第一種概爲摸擬，第二種稍寓改作之意，第三種則幾與創作無殊。然所以謂爲仿效者何也？以其意仍在效法古樂府，學其格調，學其風采，故也。故雖不入樂，而其作風仍與詩賦不同，仍爲「樂府文學」。故亦於樂府篇述之。惟後世詞曲，亦每曰樂府，則於詞編，戲曲編，分列論述，茲不多及云。

歸納之，可製表於下：

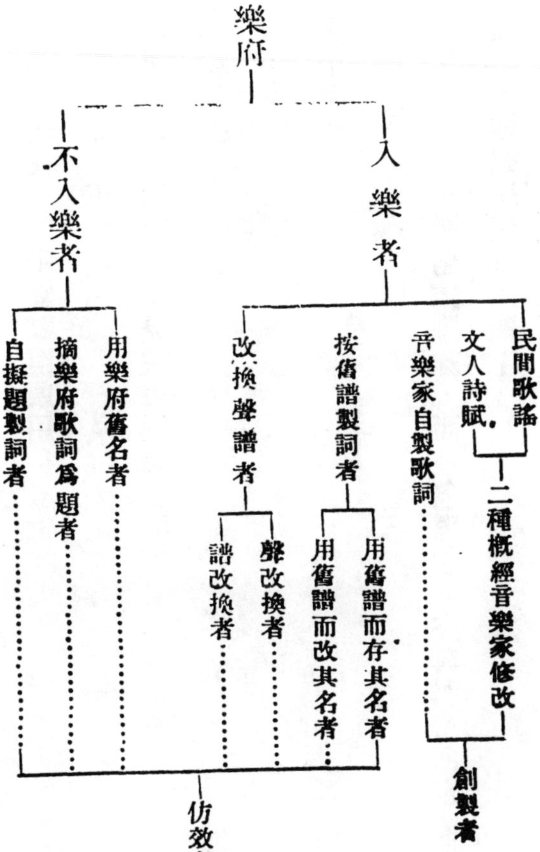

二　樂府之類別

樂府分類，蓋始東漢明帝。西漢有三大樂府，曰郊祀歌，曰房中歌，曰鐃歌，乃自然之類別，非人爲之分析。吳兢樂府古題要解卷上曰：「漢明帝定樂有四品」。惟四品之名，僅著最末一種，餘者闕焉。今考隋書樂志，通典樂典一，知四品爲：

（一）大予樂　郊廟上陵所用

（二）雅頌樂　辟雍饗射所用

（三）黃門鼓吹樂　天子宴羣臣所用

（四）短簫鐃歌　軍中所用

至蔡邕敘漢樂，亦分四類，（見宋書樂志二引）

（一）郊廟神靈

（二）天子享宴

（三）大射辟雍

（四）短簫鐃歌

第四種一仍明帝，餘三種名號雖殊，而按名思義，亦與明帝所定無大異。

晉書樂志上則記漢樂爲六類：

（一）五方之樂
（二）宗廟之樂
（三）社稷之樂
（四）辟雍之樂
（五）黃門之樂
（六）短簫之樂

言：「其有五方之樂者，則所謂大樂九變，天神可得而禮也。其有宗廟之樂者，則所謂肅雍和鳴，先祖是聽也。其有社稷之樂者，則所謂琴瑟擊鼓，以迓田祖者也。其有辟雍之樂者，則所謂移風易俗，莫善於樂者也。其有黃門之樂者，則所謂宴樂羣臣，蹲蹲舞我者也。其有短簫之樂者，則所謂王師大捷，令軍中凱歌者也」。析大予爲五方與宗廟，析雅頌爲社稷與辟雍，漸進於邃密矣。

唐吳兢爲樂府古題要解，更分爲八類：

（一）相和歌　言：『竝漢世街陌謳謠之詞。絲竹更相和，執節者歌之。』

（二）拂舞歌　言：『前史云，出自江右。……今讀其詞，除白鳩一篇，餘竝非吳歌，未知所起。』

（三）白紵歌　言：『舊史稱白紵，吳地所出，白紵舞本吳舞也。』

（四）鐃歌　言：『漢明帝定樂有四品，最末曰短簫鐃歌，軍中鼓吹之曲。……鐃如鈴而有舌，執柄而鳴之。』

（五）橫吹曲　言：『有鼓角。周禮以鼖鼓鼓，軍事用角。』

（六）清商曲　言：『蔡邕云，清商曲，其詞不足采。……一說，清商曲，南朝舊樂也。』

（七）雜題

（八）琴曲　言：『諸語說多出琴操等書』。

各史樂志，專詳郊祀樂章，至多不過下及鐃歌而止，餘每闕而不載。其寔清商相和諸歌，古樂府主要部分，文學價值極高，史家以其無關國家典制而輕視之，寔爲大謬。吳氏取諸曲爬梳而理董之，賜惠後學者良多。郡齋讀書志載兢尙有古樂府詞十卷，當爲與古題要解相表裏之書，惜已佚矣。兢前，陳釋智匠（一作智斤）有古今樂錄十三卷，隋鄭譯有樂府歌辭八卷，樂府聲調六卷，於樂府當有較詳之論述，然其佚已久，無從考閱焉。

宋鄭樵通志，有樂畧二卷，分樂府爲五十三類：

（一）漢短簫鐃歌二十二曲

（二）漢鞞舞歌五曲

（三）拂舞歌五曲　魏武帝分碣石爲四曲，共八曲。

（四）鼓角橫吹十五曲

（五）胡角十曲

（六）相和歌三十曲皆漢舊歌

（七）相和歌咏歎四曲

(八)相和歌四絃一曲

(九)相和歌平調七曲

(十)相和歌淸調六曲　三婦豔詩一曲附。按總序無，據分述增。

(十一)相和歌瑟調三十八曲

(十二)相和歌楚調十曲

(十三)大曲十五曲

(十四)白紵歌一曲

(十五)淸商曲八十四曲

右正聲之一，以比風雅之聲。

(十六)郊祀十九章　按依總序排次，分述淸商曲後爲琴操。

(十七)東都五詩

(十八)梁十二雅

(十九)唐十二和

右正聲之二，以比頌聲。

(二十)漢三侯之詩一章

(二十一)漢房中之樂十七章

(二十二)隋房內二曲

(二十三)梁十曲

(二十四)陳四曲

(二十五)北齊二曲

(二十六)唐五十五曲

右別聲，非正樂之用。

(二十七)琴操五十七曲　九引，十二操，三十六雜曲　按總序僅作「琴」，茲據分述增「操」字。

右正聲之餘

(二十八)舞曲二十三曲　文武舞二十曲，唐三大舞。按原無「曲」字，茲以名二十三曲，可見皆爲曲，故增一「曲」字。

右別聲之餘

（二十九）古調二十四曲

（三　十）征戍十五曲

（三十一）遊俠二十一曲

（三十二）行樂十九曲　按總序作十八曲，分述作十九曲，細檢確爲十九曲。

（三十三）佳麗四十七曲

（三十四）別離十八曲

（三十五）怨曲二十五曲

（三十六）歌舞二十一曲

（三十七）絲竹十一曲

（三十八）觴酌七曲

(三十九)宮苑十九曲
(四　十)都邑三十四曲
(四十一)道路六曲
(四十二)時景二十五曲
(四十三)人生四曲
(四十四)人物九曲
(四十五)神仙二十二曲
(四十六)梵竺四曲
(四十七)番胡四曲
(四十八)山水二十四曲
(四十九)草木二十一曲
(五　十)車馬六曲
(五十一)龍魚六曲

（五十二）鳥獸二十一曲

（五十三）雜體六曲

右遺聲，以比逸詩。

鄭氏橫以時分，縱以類分，所以至於有五十餘種之多。中有無庸分而鄭氏强分者。如白紵歌，鄭氏曰：『梁武改爲子夜吳聲四時歌』。又曰：『其音入清商調，故清商七曲有子夜者，即白紵也』。又曰：『白紵與子夜，一曲也；在吳爲白紵，在晉爲子夜』。是則白紵即子夜，應入清商曲，不應自爲一類。至古調以下所分，抑亦太瑣碎矣。然鄭氏偏採樂府歌辭，詳爲分類，其功偉哉。本師梁任公先生曰：『樂府之分類，似草創於王僧虔技錄，而鄭樵樂略益加精密』。然王書已亡，其分類詳情，無由徵考，故不得不僅列鄭氏說而已。分類本極難之事，鄭氏所分，雖不無可議，然亦足觀矣。惟必一一比附詩經，則失之拘哉。

至郭茂倩時代較晚，得遍觀前人之書，集各家大成，總括歷代樂府，上起陶唐，下迄五代，爲樂府詩集一百卷。共分爲十二類：

(一)郊廟歌辭　包括郊祀，宗廟，明堂，社稷等。

(二)燕射歌辭　包括漢明帝所謂雅頌樂，黃門鼓吹等，饗射，宴樂，食舉皆屬之。

(三)鼓吹曲辭　鼓吹鐃歌屬之。

(四)橫吹曲辭　橫吹曲，其始亦謂之鼓吹，馬上奏之，蓋軍中之樂也。其後分爲二部：有簫笳者爲鼓吹，用之朝會道路，亦以給賜。有鼓角者爲橫吹，用之軍中，馬上所奏者，是也。晉書樂志曰：「橫吹有鼓角，又有胡角」。

(五)相和歌辭　包括相和六引，相和曲，吟歎曲，四弦曲，平調曲，清調曲，瑟調曲，楚調，大曲，共九種，

(六)清商曲辭　始郎相和三調，(平調，清調，瑟調)後魏孝文帝討淮漢，宣武定壽春，得江左所傳中原舊曲，明君，聖主，公莫，白鳩之屬，及

江南吳歌，荆楚西聲，總謂之淸商樂。包括吳聲歌辭，神弦歌，西曲歌，江南弄，上雲樂，梁雅歌等。

（七）舞曲歌　包括雅舞，雜舞等。

（八）琴曲歌辭

（九）雜曲歌辭

（十）近代曲辭　近代曲，亦雜曲也，以其出於隋唐之世，故曰近代曲。

（十一）雜歌謠辭　包括歌辭，謠辭等。

（十二）新樂府辭　皆唐世新歌，以其辭寔樂府，而未嘗被於聲，故曰新樂府。

郭氏此種分類，寔爲比較恰當。本師梁任公先生曰：「所謂近代曲辭者，乃隋唐以後新譜，下及五代北宋小詞，與漢魏樂府無涉。所謂新樂府辭者，乃唐以後詩家自創新題號稱樂府者，寔則未嘗入樂。所謂雜歌謠，則徒歌之謠。……以上三種，嚴格論之，皆不能謂爲樂府。舞曲，琴曲，則歷代皆有曲無辭，如小雅之六笙詩，其辭大率六朝以後人補作也。其餘郊廟，燕射，鼓吹，橫吹，相和，淸商，雜曲七種，皆導源漢魏，後代循而衍之。狹義的樂府，當以此爲範圍」。（美文史）同學陸君侃如亦以琴曲泰半根據琴操，而琴操乃不可信之書，故主張琴曲一類可廢。近代曲本雜曲，在今日不必採用此種分別。歌謠及新樂府二類，不是眞樂府。故陸君謂樂府應分爲八種，卽於梁先生所謂七種外，益舞曲一種也。（樂府古辭考）

今案治樂府有兩種立場，一曰音樂，一曰文學。以音樂爲立場，則所謂新樂府者，自然可廢。豈惟新樂府，魏晉之作，其不入樂者，亦當可廢。即其入樂者，每多與本辭不同，則凡本辭亦可廢。若以文學爲立場，則凡仿效樂府之作，皆當目爲樂府文學。茲篇乃述樂府文學，非論樂府聲調，故不能去新樂府。郭氏概以類分，非以時分，獨近代曲辭，以時爲類，與其體例寔有未合。但於治樂府文學流變，頗爲便利，故吾儕亦樂與贊同。惟五代北宋小詞，則爲詞，而非樂府，雖亦泰半入樂，以其蔚爲大國，故別出爲詞編敘述。舞曲，自後漢東平王蒼已有武德舞歌詩，自餘鞞舞，拂舞，率有歌詞，故亦可以自成一類。惟琴曲最古之琴操既不可信，（詳歌謠編）則後世之仿效之作，可援散樂附入舞曲，雅樂附入清商曲之例，附入雜曲。雜歌謠詞，余對梁陸之說，極表同意，故別為歌謠編述之。故余以為樂府文學，可分十類：

（一）郊廟歌辭
（二）燕射歌辭
（三）舞曲歌辭
（四）鼓吹曲辭
（五）橫吹曲辭
（六）相和歌辭
（七）清商曲辭
（八）雜曲歌辭　附入後世摹仿琴曲之歌辭

(九)近代曲辭　去五代北宋小詞

(十)新樂府辭

歌謠與新樂府皆不入樂，所以屏歌謠，採新樂府者，以歌謠作者，並不效法樂府，新樂府作者，則刻意學之，故其作風遂一爲徒歌，一似樂府。舞曲所以移前者，本陸君其性質與郊廟歌燕射歌相近說耳。

第二章　兩漢之樂府

一　三大樂府

兩漢有三大樂府，一曰房中歌十七章，二曰郊祀歌十九章，三曰鐃歌二十二曲。

（一）房中歌　漢志曰：「房中祠樂，高祖唐山夫人所作也。周有房中樂，至秦名曰壽人。凡樂，樂其所生，禮不忘本，高祖樂楚聲，故房中樂，楚聲也。孝惠二年，使樂府令夏侯寬備其簫管，更名曰安世樂」。然則房中十七章，出於漢初，爲傳世樂府歌詞之最古者，而出於一弱女子之手，亦可爲中國婦女文學史增色矣。其詞俱載漢志，今錄數章於下：

大孝備矣，休德昭明。高張四縣，樂充宮庭。芳樹羽林，雲景杳冥。金支秀英，庶旄翠旌。——第一章

王侯秉德，其鄰翼翼。顯明昭式，清明鬯矣。皇帝孝德，竟全大功，安撫四極。海內有姦

，紛亂東北。詔撫成師，武臣承德。行樂交逆，簫勺羣慝。肅爲濟哉，蓋定燕國。——第四章

大海蕩蕩水所歸，高賢愉愉民所懷。大山崔，百卉殖。民何貴？貴有德。——第五章

豐草葽，女羅施。善何如？誰能回？大莫大，成教德；長莫長，被無極。——第七章

孔容之常，承帝之明。下民之樂，子孫保光。承順溫良，受帝之光。嘉薦令芳，壽考不忘。——第五章

檢今本漢書，僅十六章。劉敞曰：『按此言房中歌十七章，推尋文義，不見十七章，疑本十二章，誤爲十七章也』。意爲之說，不足爲據。但其歷數十七章之目，有曰：『王侯秉德一章七句，……海內有姦一章八句』。是劉敞所見，本爲兩章，考樂府詩集亦爲兩章，今本誤連爲一章，故祇十六章矣。房中歌，本祭祀宗廟之樂，故曰：『大孝備矣』。故曰：『承帝之明』。故曰：『子孫保光』。後漢書桓帝紀曰：『壞郡國諸房祀』。注『房爲祠堂也』。後世房字變爲閨房之義，而此歌又出女子之手，由是每多誤解。魏

明帝時，侍中繆襲奏言：『往昔議者以房中哥后妃之德，所以風天下，正夫婦，宜改曰安世之名。……省讀漢安世哥詠，，亦說「高張四縣，神來燕享，嘉薦令儀，永受厥福，」無有二南后妃風化天下之言。今思惟往者謂房中爲后妃之哥者，恐失其意。……宜改曰「享神哥」』。（見宋志一）此言誠是。而鄭樵不察，尙依違其說，謂：『房中樂者，婦人禱祀於房中也』，豈不悖哉！

（二）郊祀歌。　漢志曰：「至武帝定郊祀之禮。……以李延年爲協律都尉，多舉司馬相如等數十人，造爲詩賦，畧論律呂，以合八音之調，作十九章之歌」。李延年傳亦曰：「是時上方興天地諸祠，欲造樂，令司馬相如等作詩頌，延年輒承意弦歌所造詩，爲之新聲曲」。是郊祀歌泰半出司馬相如等，而李延年爲之新聲曲，或於詞有所潤色。但十九章之中，有四章題爲鄒子樂，鄒子當爲鄒陽。鄒陽，景帝時人，未知武帝時尙在否。志又載建始（成帝元號）元年，匡衡奏史換二句，則此十九章者，未必成於一時。鄒子四章，錄二章：

朱明盛長，旉與萬物。桐生茂豫，靡有所詘。（沈欽韓曰：『桐侗通，侗然未有所知。』）敷華就寔，既阜既昌。登成甫田，百鬼迪嘗。廣大建祀，肅雍不忘。神若宥之，傳世無疆。（師古注『若，善也。宥，祐也。』）——朱明第四

西顥沆碭，秋氣肅殺。含秀垂穎，續舊不廢。姦僞不蒙，妖孼伏息。隅辟越遠，四貉咸服。既畏茲威，惟慕純德。附而不驕，正心翊翊。——西顥第五

司馬相如等十五章，錄五章：

練時日，侯有望。焫膋蕭，延四方。九重開，靈之斿。垂惠恩，鴻祜休。靈之車，結玄雲，駕飛龍，羽旄紛。靈之下，若風馬，左倉龍，右白虎。靈之來，神哉沛，先以雨，般裔裔。（師古注『般裔與班同，班，布也』）。靈之至，度陰陰，相放悲，震澹心。靈已坐，五音飭，虞至旦，承靈億。牲繭栗，粢盛香，尊桂酒，賓八鄉。靈安留，吟青黃，徧觀此，眺瑤堂。衆嫭竝，綽奇麗，顏如荼，兆逐靡。被華文，廁霧縠，曳阿錫，佩珠玉。俠嘉夜，茝蘭芳，澹容與，獻嘉觴。——練時日第一

日出入安窮？時世不與人同。故春非我春，夏非我夏，秋非我秋，冬非我冬。泊如四海之池，徧觀是邪謂何。吾知所樂，獨樂六龍。六龍之調，使我心若。訾黃其何不徠下。——日出入第九

天門開，詄蕩蕩。穆並騁，以臨饗。光夜燭，德信著，靈寖平而鴻長生豫。大朱涂廣，夷石爲堂，飾玉梢以歌舞，體招搖若永望。星留俞，塞隕光，照紫幄，珠熉黃。幡比翄回集，貳雙飛常羊。月穆穆以金波，日華燿以宣明。假清風，軋忽激，長至重觴。神裴回，若留放，殣（同覲）冀親以肆章。函蒙祉福常若期，寂漻上天知厥時。泛泛滇滇從高斿，殷勤比路膻所求。佻正嘉吉弘以昌，休嘉砰隱溢四方。專精厲意逝九閡，紛云六幕浮大海。——天門第十一

齊房產草，九莖連葉。宮商効異，披圖按諜。玄氣之精，回復此都。蔓蔓日茂，芝成靈華。——齊房第十三。元封二年，芝生甘泉齊房作。

后皇嘉壇，立玄黃服。物發冀州，兆蒙祉福。沇沇四塞，假（即遐）狄合處。經營萬億，咸遂厥宇。——后皇第十四

漢初韵文，除歌謠外，非取法於詩經，即胎息於屈（屈原賦）荀（荀卿賦），自創之格調甚少。唐山夫人房中歌，雖爲楚聲，而詞藻則頗似詩頌，如「大孝備矣」，「王侯秉德」，「海內有姦」，「孔容之常」，其顯然者也。鄒陽司馬相如等，騷賦翩翩，有凌雲之意；雖源出屈宋，而能發揚蹈厲，則樹一幟。郊祀歌則鄒子四章，司馬相如等十五章中，若所舉齊房第十三，后皇第十四，及未舉之帝臨第二，青陽第三，四言爲句，全襲詩經三頌，若所舉天門第十一，及未舉之天地第八，三言七言，錯綜組織，畧同荀卿成相；（此言其形式，其內容則似效法楚辭）。麻木冥頑，望而生厭。若所舉練時日第一，及未舉之華爗爗第十五，朝隴首第十七，赤蛟第十九，取效楚辭，尙能得其惝怳迷離之妙，然生動眞摯之趣，已視彼遠遜矣。推原其故，蓋以摹擬之作，固多形似神遺，而應制賦詩，又非出之本性故耳。惟多通體三言，於體制上似少有貢獻焉。

（三）鐃歌。 鐃歌不見漢志，然明帝定樂，列入四品，蓋亦西漢之歌矣。

亦名鼓吹，乃軍中之樂，大抵非一人之作，亦非一時之歌，不用於廟堂，不出於應制，（間有似應制撰者，然極少。）隨感而發，無所倚傍，故有深刻之情感，流宕之格調，視房中郊祀眞有天淵之別。全二十二曲：一曰朱鷺，二曰思悲翁，三曰艾如張，四曰上之回，五曰擁離，（一曰翁離）六曰戰城南，七曰巫山高，八曰上陵，九曰將進酒，十曰君馬黃，十一曰芳樹，十二曰有所思，（一曰嗟佳人）十三曰雉子班，十四曰聖人出，十五曰上邪，十六曰臨高臺，十七曰遠如期，（一曰遠期）十八曰石留，辭尙存。十九曰務成，二十曰玄黃，二十一曰黃爵，（一曰黃爵行）二十二曰釣竿，辭已佚。或云無釣竿，共二十一曲。（本樂府詩集卷十六引古今樂錄）惜存者十八曲，亦訛誤甚多，幾於不可句讀。宋志引景祐廣記曰：『言字訛謬，聲辭雜書』。又於宋鐃歌詞下注云『樂人以聲音相傳，訓詁不可復解』。樂府詩集曰：『凡古樂錄皆大字是辭，細字是聲，聲辭合寫，故致然耳』。（卷十九）

我國樂譜製法拙劣，致古樂一無留遺；間有一二，又聲辭相混，不足以傳聲，反足以亂辭，可病孰甚。

十八曲中有時代畧可推定者二曲，一曰上之回。

上之回所中，益夏將至行將北。以承甘泉宮寒暑德。游石關，望諸國，月支臣，匈奴服。令從百官疾馳騁，千秋萬歲樂無極。

漢書武帝紀曰：「元封四年冬十月，行幸雍祠五畤，通回中道，遂北出蕭關」。吳競樂府古題要解曰：「漢武帝元封初，因至雍，遂通回道，後數出遊幸焉。其歌稱帝「遊石關，望諸國，月支臣，匈奴服」，皆美當時事也」。樂府詩集曰：『石闕，宮闕名，近甘泉宮，相如上林賦云：「歷石闕，歷封巒」是也』。據此，此首似在武帝元封中。

一曰上陵。

上陵何美美？下津風以寒。問客從何來？言從水中央。桂樹爲君船，青絲爲君笮，木蘭爲君櫂，黃金錯其間。滄海之雀，赤翅鴻，白雁，隨山林乍開乍合，曾不知日月明。醴泉之水，光澤何蔚蔚？芝爲車，龍爲馬，覽遨遊，四海外。甘露初二年，芝生銅池中。仙人下來飲，延壽千萬歲。

甘露爲宣帝六次改元元號，準『美時事』之義，則此首當在甘露年間也。

上之回末句爲『千秋萬歲樂無極』，上陵末句爲『延壽千萬歲』，似有應制而作之嫌，故皆未能爲上乘文學。十八曲之上乘文學，鄙意當推戰城南，有所思，上邪三首：

戰城南，死北郭，野死不葬烏可食。爲我謂烏：且爲客豪；野死諒不葬，腐肉安能去子逃。?水深激激，蒲葦冥冥。梟騎戰鬬死，駑馬徘徊鳴。梁築室，何以南，梁何北。（此九字似有訛，『梁何北』，疑爲『何以北』。）禾黍而穫君何食？（而疑爲不字之誤）願爲忠臣安可歸？思子良臣，良臣誠可思；朝行出攻，暮不夜歸！——戰城南

此詩乃民人厭戰之呼聲。「野死不葬烏可食」，已能將戰後死尸狼藉，鳥獸呑食之景況，全盤繪出。而又益以『野死諒不葬，腐肉安能去子逃』二句，以文論妙不可言，以事論慘不忍覩，爲千古詛咒戰爭之絕唱。

有所思，乃在大海南。何用問遺君？雙珠瑇瑁簪，——用玉紹繚之。聞君有他心，拉雜摧

燒之！——摧燒之，當風揚其灰！從今以往，勿復相思！相思與君絕，雞鳴狗吠兄嫂當知之。（此句不甚可解）妃呼豨，秋風肅肅晨風颸。東方須臾高知之。（此句當有脫誤）——有所思

上邪！（此與有所思之『妃呼豨』，蓋皆爲歎辭。）我欲與君相知，長命無絕衰。山無陵，江水爲竭，冬雷震震夏雨雪，天地合，乃敢與君絕。——上邪

二首皆戀歌，皆賭咒發誓，斬釘截鐵。有所思誓言『勿復相思』，正見其相思之深，純將一時迸裂的情感，抒爲文章，此種奇作，古今中外，皆不多覯，專門詩家，更不能道其隻字。上邪亦能狀出沸熱之情感。此外若君馬黃一篇，似可解似不可解，似有義似無義，頑而可愛。今亦錄下：

君馬黃，臣馬蒼，二馬同逐臣馬良。易之有騩蔡有赭。（此句似有誤）美人歸以南，駕車馳馬，美人傷我心。美人歸以北，駕車馳馬，佳人安終極。

其他多訛誤太甚，不能索解，比較可誦者惟臨高臺：

臨高臺以軒，下有清水清且寒。江有香草目以蘭。黃鵠高飛離哉翻。關弓射鵠，令我主壽

萬年。

二 樂府古辭及其他

三大樂府以外之兩漢樂府，尙甚多，惜多名存辭亡；存者唯所謂「古辭」，餘無幾也。「古辭」之名，蓋創始沈約宋書，後世各史樂志及樂府書因之。沈氏自著其例曰：「凡樂章古詞今之存者，並漢世街陌謠謳，江南可采蓮，烏生十五子，白頭吟之屬是也。」（樂志一。晉書亦有此言，但晉書著作年代後於宋書，故舉宋書。）由此知宋志所載古辭，皆沈約認爲漢世之歌。沈約去漢未遠，所言當不甚謬。然通志樂略樂府詩集所錄古辭，視宋志幾增一倍，是否盡爲漢謳，又有問題。且東西漢前後四百年，所謂「漢世」，爲東漢？爲西漢？爲東漢何時？爲西漢何時？沈氏未曾明言。今檢古辭中多通篇五言。傳世五言詩，若古詩十九首，蘇李贈答詩，卓文君白頭吟，班婕妤怨歌行，其著作年代，遠者不出東漢之末，近者或在魏晉六代，舊以爲枚乘蘇武李陵卓文君班婕妤者，全非事寔。（俟詩編詳論。徐中舒古詩十九首考，五言詩發生問題的討論，及拙撰五言詩起源說評錄，可參閱。）故謂五言詩起源於西漢，或西漢之前者，純爲不明文學流變之囈語。至成帝之世，始有五言歌謠；（詳歌謠編第四章兩漢歌謠）至東漢班固，始有五言詩；（詠史，俟詩編詳之。）然質木無文。樂府古辭之五言者，率詞藻華縟，聲韻優美，疑其產生時代甚晚。茲分爲非五言者，五言者，疑非漢謳者，三類叙述之。

（一）非五言者　以文學流變之系統論，非五言者，其產生當較早。學稽往籍，其年代可畧爲考訂者，亦非五言者，視純粹五言者爲先。

（1）薤露蒿里（相和曲）　宋志列薤露，蒿里行之目，而未載古辭，然崔豹古今注音樂篇已言：『薤露，蒿里，並喪歌也，出田橫門人。橫自殺，門人傷之，爲之悲歌。言人命如薤上之露易晞滅也，亦謂人死魂魄歸乎蒿里。故有二章。一章曰：

薤上露，何易晞！——露晞明朝還復滋，人死一去何時歸！

其二曰：

蒿里誰家地，聚斂魂魄無賢愚。鬼伯一何相催促？今乃不得少踟蹰！

至漢武帝時，李延年乃分爲二曲，薤露送王公貴人，蒿里送士大夫庶人。挽柩者歌之，世呼爲挽柩歌」。崔豹爲晉人，在沈約之前，知此歌之傳流甚早。是否出田橫門人雖不敢必，約之必先漢之歌矣。

（2）董逃行（清調曲）詞見宋志三：

吾從上謁從高山，山頭危險大難言。遙望五嶽端，黃金爲闕班璘。但見芝草葉落紛紛。（一解）

百鳥集，來如烟，山獸紛綸，麟辟邪其端。鵾雞聲鳴，但見山獸援戲相拘攀。（二解）

小復前行玉堂未，心懷流還傳。教出門來門外人何求？所言：『欲從聖道求一得命延。』（三解）

敎敕凡吏受言：『採取神藥若木端。白兎長跪擣藥蝦蟇丸。奉上陛下一玉柈，服此藥，可得神仙。』（四解）

服爾神藥，莫不喜歡。陛下長生老壽，四面肅肅稽首。天神擁護左右陛下，長與天相保守。（五解）

古今注曰：「董逃歌，後漢游童所作也。後有董卓作亂，卒以逃亡，後人習之以爲歌章，樂府奏之以爲炯戒。」然吳旦生曰：「樂府原題謂董逃行作於漢武之時；蓋武帝有求仙之興，董逃者，古仙人也。後漢游童競歌之，終有董卓之亂，卒以逃。此則謠讖之言，因其所尙之歌，故有是事，寔非起於後漢也。然則此篇古辭乃武帝時作，刺而不譏。董逃歌爲後漢童謠，祇有取於「董逃」二字而爲之者，與此篇辭意逈別。宋書樂志作「董桃行」，（按今本作逃）從武帝內傳王母觴帝，索桃七枚，以四啗帝，自食其三，因命董雙城吹雲和笙侑觴，故改「逃」作「桃」。此乃無端附會，非詩中意，尤非古辭命篇之意。更有引梁簡文行幸甘泉宮歌「董桃律金紫，賢妻侍禁中」，以爲董賢及彌子瑕殘桃故事者，尤爲不倫。要歸從樂府原題，其餘諸說皆無足取。」今按後漢董逃歌，載後漢書五行志，言：靈帝中平，京都歌曰：

承樂世董逃，遊四郭董逃，蒙天恩董逃，帶金紫董逃，行謝恩董逃，整車騎董逃，垂欲發董逃，與中辭董逃，日夜絕董逃，心摧傷董逃。

風俗通曰：『卓以董逃之歌，主爲已發，大禁絕之。』楊阜董卓傳「卓改董逃爲董安」。其義與此全異，崔豹葢誤以董逃歌爲董逃行，吳氏之言是也。

（3）東平王蒼武德舞歌詩（舞曲）　宋志一『至明帝初，東平憲王蒼制舞哥一章，薦之光武之廟。

於穆世廟，肅雍顯清。俊乂翼翼，秉文之成。越序上帝，駿奔來寧。建立三雍，封禪泰山。章明圖讖，放唐之文。休矣惟德，罔射協同。本支百世，永保厥功。

按荀悅東觀漢記：『明帝永平三年八月，公卿奏世祖廟舞名，東平王蒼議以爲：漢制宗廟各奏其樂，不皆相襲，以明功德。光武皇帝撥亂中興，武功盛大，廟樂舞宜曰大武之舞。其文始五行之舞如故，勿進武德舞。詔曰：「如驃騎將軍議，進武德之舞如故。」』據此東平王雖主改樂舞，然未能實行，故其所作仍爲武德舞歌詩。漢書禮樂志「高祖廟奏武德，文始，五行之舞。」

則武德舞其來已久，東平此詩，乃擬作而非創製，實爲曹氏父子擬古樂府之先聲。詩詞無甚精采，廟堂詩歌，無性靈可言，古今皆無佳作，不惟東平一篇爲然也。

(4)雁門太守行（瑟調曲） 詞見宋志三：

孝和帝在時，洛陽令王君，本自益州廣漢民，少行宦，學通五經綸。（一解）

明知法令，歷世衣冠，從温補洛陽令。治行致賢，擁護百姓，子養萬民。（二解）

外行猛政，內懷慈仁，文武備具，料民富貧，移惡子姓，（原本姓下多『名五』二字，依樂府詩集卷三十九校刪。）篇（疑爲編之訛）著里端。（三解）

殺傷人，比伍同罪對門禁；鍪矛八尺，捕輕薄少年，加笞決罪，詣馬市論。（四解）

無妄發賦，念在埋冤；敕吏正獄，不得苛煩；財用錢三十，買繩禮竿。（五解）

賢哉，賢哉，我縣王君，臣吏衣冠，奉事皇帝，功曹主簿，皆得其人。（六解）

臨部居職，不敢行恩，清身苦體，夙夜勞勤。治有能名，遠近所聞。（七解）

天年不遂，早就奄昏。爲君作祠，安陽亭西。欲令後世，莫不稱傳。（八解）

後漢書王渙傳：王渙字稚子，廣漢郪人也。……少好俠，尚氣力；晚改節，習書讀律，畧通大義。後舉茂才，除溫令；討擊姦猾，境內清夷。商人露宿於道；其有放牛者，輒云以屬稚子，終無侵犯。在溫三年，遷兗州刺史，繩正部郡，風威大行。後坐考妖言不實論，歲餘，徵拜侍御史。永元（和帝初元）十五年，還爲洛陽令；政公訟理，發摘姦伏，京師稱歎，以爲有神算。元興（和帝十七年改元興）元年病卒，百姓咨嗟，男女老幼相與致奠醊以千數。……民思其德，爲立祠安陽亭西，每食弦歌而薦之。樂府古題要解曰：「按古歌詞歷述渙本末，與傳合，而曰雁門太守行，所未詳。」按古今樂錄曰：「王僧虔技錄云，雁門太守行歌古洛陽令一篇」。（樂府詩集卷三十九引）宋志載此篇正先題洛陽令，後題雁門太守行。是洛陽令爲此篇篇名，雁門太守行爲此篇樂府調名。知雁門太守行古辭已亡，此篇乃按其調譜製詞者，與東平王蒼武德舞歌詩，皆爲仿效樂府之最古者。

（5）平陵東（相和曲）　崔豹古今注曰：「平陵東，漢翟義門人所作也」。樂府古題要解曰：『義，丞相方進之少子，字文中，爲東郡太守。王莽簒漢，起兵誅之，不克而見害。門人作歌以怨之。』按詞存宋志三：

平陵東，松柏桐，不知何人刧義公。刧義公，在高堂下，交錢百萬兩走馬。兩走馬，亦誠難，顧見追吏心中惻。心中惻，血出漉，歸告我家賣黃犢。

右五首，時代略可考訂。

（6）箜篌引（瑟調曲）　古今注『箜篌引，朝鮮津卒霍里子高妻麗玉所作也。子高晨起刺船而濯，有一白首狂夫，被髮提壺，亂流而渡。其妻隨呼止之，不及，遂墮河死。於是援箜篌而鼓之，作「公無渡河」之歌，聲甚悽愴，曲終自投河而死。霍里子高還，以其聲語妻麗玉。玉傷之，乃引箜篌而寫其聲，聞者莫不墮淚飲泣焉。麗玉以其聲傳隣女麗容，名曰箜篌引焉。」按其詞見樂府詩集卷二十六敘箜篌引下，無特列古辭，不知何故。

公無渡河，公竟渡河。渡河而死，當奈公何？

文纔十六字，而嗚咽啜泣之狀，令人恍如目覩，不忍卒讀。陸侃如樂府古辭考引古今樂錄曰：「今三調中自有公無渡河，其聲哀切，故入瑟調。」由是謂：「後人多以此篇爲箜篌引，蓋因古今注而誤。」按崔豹先於王僧虔，考古應以古爲據。且古今樂錄亦未以此篇無箜篌引之名。樂府詩集卷二十六引古今樂錄曰：「張永技錄相和有四引，一曰箜篌引，……箜篌引歌瑟調。」是此篇雖在相和引，而歌時則入瑟調，不能以其入瑟調之言，謂此篇非箜篌引也。

(7)江南曲（相和曲） 樂府古題要解曰：「江南曲古辭，……蓋美其芳晨麗景，嬉遊得時。」詞見宋志三：

江南可採蓮，蓮葉何田田？魚戲蓮葉間，魚戲蓮葉東，魚戲蓮葉西，魚戲蓮葉南，魚戲蓮葉北。

此種歌詞，並無深思奧義，蓋爲頑童嬉遊得意時之自然歌唱。以作風論，似乎發生時期較早。

(8)猛虎行（平調曲） 詞見樂府詩集卷三十一，而不正載其文。詞曰飢不從猛虎食，暮不從野雀棲。——野雀安無巢，遊子爲誰驕？

(9)善哉行（瑟調曲）樂府詩集卷三十六曰：「此篇諸集所出，不入樂志。」然宋書樂志載之，知郭氏此言不確。詞曰：

來日大難，口燥脣乾；今日相樂，皆當喜歡。（一解）

經歷名山，芝草翻翻。仙人王喬，奉藥一丸。（二解）

自惜袖短，內手知寒。慙無靈輒，以報趙宣。（三解）

月沒參橫，北斗闌干。親交在門，飢不及餐。（四解）

歡日尙少，戚日苦多，何以忘憂，彈箏酒歌。（五解）

淮南八公，要道不煩，參駕六龍，遊戲雲端。（六解）

樂府古題要解曰：「言人命不可保，當樂見親友，且求長年術，與王喬八公遊焉。」此釋甚是。樂府詩集曰：「善哉行者，蓋歎美之辭也。」未可以解此篇也。

(10)東門行（瑟調曲） 詞見樂府詩集卷三十七：

出東門，不顧歸，來入門，悵欲悲。盎中無斗米儲，還視架上無懸衣。拔劍東門去，舍中兒母牽衣啼：『他家但願富貴，賤妾與君共餔糜。』『上用倉浪天，故下當用此黃口兒。今非咄行，吾去爲遲，白髮時下難久居。』（後數語不甚可解）

此首寫一貧民家庭，夫因貧困，欲出外謀生，妻不忍捨去，寧願共餔糜，此之謂眞正愛情。

(11)婦病行（瑟調曲） 詞載樂府詩集卷三十八：

婦病連年累歲，傳呼丈人前一言；當言未及得言，不知淚下一何翩翩！『屬累君，兩三孤子，莫使我兒飢且寒；有過愼勿笪（音撻）笞，行當折搖思復念之。（此處疑有誤）

亂曰：抱時無衣，襦復無裏，閉門塞牖舍。孤兒到市道逢親交，（梁任公先生疑作父，下同）。泣坐不能起，從乞求與孤貧餌。對交啼泣，淚不可止。我欲不傷悲，不能已。探懷中錢持受交。入門見孤兒啼，索其母抱。徘徊空舍中，行復爾耳，棄置勿復道。

此蓋歌母兒居寒，父不一顧，讀之令人悽惻。篇中將母子之愛，形容到十分，而其父之冷酷無情，亦能從字裏行間，表現盡致。文質兩面，皆有極大價值。與此同爲悲劇者，尚有孤兒行。

(12)孤兒行（瑟調曲）　孤兒行，一曰孤子生行，一曰放歌行。樂府詩集卷三十八曰：『言孤兒爲兄嫂所苦，難與久居也。』其詞曰：

孤兒生，孤兒遇生，命獨當苦：

父母在時，乘堅車，駕駟馬。父母已去，兄嫂令我行賈。——

南到九江，東到齊與魯。臘月來歸，不敢自言苦。頭多蟣虱，面目多塵。大兄言辦飯，大嫂言視馬。上高堂行取，殿下堂，孤兒淚下如雨。

使我朝行汲，暮得水來歸。手爲錯，足下無菲。愴愴履霜，中多蒺藜。拔斷蒺藜，腸肉中，愴欲悲。淚下渫渫，清涕纍纍。

冬無複襦，夏無單衣。居生不樂，不如早去下從地下黃泉。

春氣動，草萌芽。三月蠶桑，六月收瓜。將是瓜車，來到還家。瓜車反覆，助我者少，啗瓜者多。『願還我蒂，兄與嫂嚴，獨且急歸，當興校計！』

亂曰：里中一何譊譊？願欲寄尺書，將與地下父母：『兄嫂難與久居！』

此篇視前篇更爲深刻，妙在不憚煩勞，將瑣碎事揷叙於中，令讀者得覩具體的情况。此兩篇皆社會家庭之寫實，皆社會家庭之最要問題，其價值固不僅在文字藝術也。

(13)艷歌何嘗行（瑟調曲）宋志三「艷歌何嘗，一曰飛鵠行。」樂府詩集卷三十九作艷歌何嘗行。詞曰：

飛來雙白鵠，乃從西北來。十十五五，羅列成行。（一解）

妻卒被病，行不能相隨。五里一反顧，六里一裴回。（二解）

吾欲銜汝去，口噤不能開；吾欲負汝去，毛羽何摧頹！（三解）

樂哉新相知，憂來生別離；躇躕顧羣侶，淚下不自知。（四解）

念與君離別，氣結不能言，各各重自愛，遠道歸何難！妾當守空房，閉門下重關。君生當相見，亡者會黃泉。今日樂相樂，延年萬歲期。（趨）

此篇蓋夫婦遠別之詞，四解皆以雙鵠爲喻，趨始寫寔，格局極爲別致。『銜汝」「負汝」，眞能將純摯的愛情，寫得如見。

此依宋志。玉臺新詠卷一亦著之，謂爲古樂府詩，題爲雙白鵠，其詞稍異，變爲純粹五言。今亦錄下：

> 飛來雙白鵠，乃從西北來。十十將五五，羅列行不齊。忽然卒疲病，不能飛相隨。五里一反顧，六里一徘徊。吾欲啣汝去，口噤不能開；吾欲負汝去，羽毛日摧頹。樂哉新相知，憂來生別離。踟躕顧羣侶，淚落從橫垂。今日樂相樂，延年萬歲期。

前一首語句不如此之整齊，聲韵不如此之調諧。考宋書作者沈約，生於宋元嘉十八年，（西後四四一）卒於梁天監十二年。（西後五一三）玉臺新詠選者徐陵，生於梁天監六年，（西後五〇七）卒於陳至德元年。（西後五八三）由此知此首白鵠行，先爲語句不齊之歌，至徐陵選玉臺時，則漸變爲純粹五言矣。由此知樂府歌行，多社會產物，先有雛形，然後迭經修改，成功現在之況。由此知其中通篇五言之歌，每非原爲五言，而爲五言盛行之後，漸次修改而成者。胡適之不知前一首始見宋志，祇據樂府詩集，遂以後一首先於前一首，謂：「故從漢樂府到郭茂倩，這歌辭雖有許多改動，而「母題」始終不變」。（白話文學史第七章）遂成為漸修改而漸不完美之現象，而文學演化之過程，益紛亂不可理矣。

樂府詩集引古今樂錄曰：「王僧虔技錄云：艷歌何嘗行，歌文帝何嘗古白鵠二篇。」而所列則祇有此篇與魏文帝「何嘗快，獨無憂」一篇，言：「二曲晉樂所奏」。此篇首句適曰「飛來雙白鵠」。文帝集中又無古白鵠之篇。則此是否文帝作，頗難肊定。然鐃歌中有文帝臨高臺一首，詞曰：

臨臺行高高以軒，下有水淸且寒。中有黃鵠，往且翻。

行為臣，當盡忠，願令皇帝陛下三千歲，宜居此宮。

鵠欲南飛，雌不能隨。我欲躬銜汝，口噤不能開；欲負之，毛衣摧頹。五里一顧，六里徘徊。

後一段與豔歌何嘗行，大同小異。胡適之謂文帝采豔歌何嘗行，改為長短句，作為新樂府臨高臺的一部分。馮惟訥詩紀謂文帝曲「三段辭不相屬。「鵠欲南遊」以下，乃古辭飛鵠行也。「（魏卷之二）今案臨高臺，初本漢曲，其詞甚短，（見前）文帝按譜製詞，似亦不宜過長。余是以頗疑「鵠欲南飛」以下，乃古辭錯附；但無古證，未敢主張。約之，文帝此歌末段，與宋志玉臺所載，皆由同一母題，胡氏之言固不謬；其謬在混亂嬗變之蹟耳。

此外若郊祀歌中之靈芝歌，（樂府詩集卷一）相和曲中之烏生八子九，（宋志三）吟歎曲中之王子喬，（樂府詩集卷二十九）大曲中之滿歌行，（宋志三）雜曲中之蛺蝶行，（樂府詩集卷六十一）前緩歌行，（樂府詩集卷六十五）………等等，不一一徵引矣。

（二）五言者。五言樂府，可以確考年代者甚少；舊題有作者數首，茲先列舉於下，而略爲剔辨：

（1）卓文君白頭吟（楚調）此首非卓文君作，已詳歌謠編。

（2）班婕妤怨歌行（楚調）詞見樂府詩集卷四十二：

新裂齊紈素，鮮潔如霜雪。裁爲合歡扇，團團似明月。出入君懷袖，動搖微風發。常恐秋

節至，凉飆奪炎熱，棄捐篋笥中，恩情中道絕。

以此篇爲班婕妤作，蓋始於文選，玉臺新詠因之，並爲小序曰：『昔漢成帝班婕妤失寵，供養於長信宮，乃作賦以自傷悼，並爲怨詩一首。』考漢書外戚傳祗言作賦，並載賦之全文，而無作怨詩之言。故自劉勰已疑之，謂：『至成帝品錄，三百餘篇，而辭人遺翰，莫見五言，所以李陵班倢伃見疑於後代也。』（文心雕龍明詩篇）嚴羽滄浪詩話曰：『班倢伃怨歌行，樂府以爲顏延年作，頗似之。』近徐君中舒以團扇產生時代，定此歌爲時甚晚，謂嚴羽引樂府之言，當爲可信。（徐君五言詩發生時代的討論）今案，論其作風，不似西漢醇樸之習，論其表德，不類班姬貞靜之態，故余作五言詩起源說評錄即已明辨之也。

（3）張衡同聲歌（新曲）　詞見樂府詩集卷七十六：

邂逅承際會，得充君後房。情好新交接，恐慄若探湯。不才勉自竭，賤妾職所當：綢繆主中饋，奉禮助烝嘗。思爲莞蒻席，在下蔽匡牀；願爲羅衾幬，在上衞風霜。洒掃淸枕席，醍芬以狄香。重戶結金扃，高下華燈光。衣解巾粉御，列圖陳枕張。素女爲我師，儀態盈萬方，衆夫所希見，天老教軒皇。樂莫斯夜樂，沒齒焉可忘？

此篇自玉臺卽著之，吾儕既無法否認，且以文學系統論，張衡時代，有產生此種完美五言詩歌之可能，則五言樂府之有時代可考者，當首推此篇矣。據後漢書衡傳，和帝永元中舉孝廉不行。又載安帝永初中，劉珍等著作東觀，請衡參論其事。則衡之年代，約在章和殤安時矣。考宋志四載漢鞞舞歌五篇，其辭雖佚，其名尙在，中有三首爲五字：一曰關東有賢女，二曰章和二年中，三曰殿前生桂樹。古樂府多以首句爲題，則三篇雖不敢決定爲通篇五言，然似有爲五言之可能。章和爲章帝元號，似爲章帝時作。果爾，則章和之時，已有五言樂府。稍前班固詠史，雖質木無文，而亦爲五言，其演進之序，尙可循求而知也。

（4）繁欽定情詩（雜曲）　詞亦見樂府詩集卷七十六；

我出東門遊，邂逅承清塵。思君即幽房，侍寢執衣巾。時無桑中契，迫此路側人；我旣媚君姿，君亦悅我顏。何以致拳拳？綰臂雙金環。何以致殷殷？約指一雙銀。何以致區區？耳中雙明珠。何以致叩叩？香囊繫肘後。何以致契闊？繞腕雙跳脫。何以結恩情？珮玉綴羅纓。何以結中心？素縷連雙針。何以結相投？金薄畫幧頭。何以慰別離？耳後瑇瑁釵。何以答懽悅？紈素三條裾。何以結愁悲？白絹雙中衣。

與我期何所？乃期東山隅。日旰兮不至，谷風吹我襦。遠望無所見，涕泣起踟躕。

與我期何所？乃期南山陽。日中兮不來，飄風吹我裳。逍遙莫誰覩，望君愁我腸。

與我期何所？乃期西山側。日夕兮不來，躑躅長歎息。遠望涼風至，俯仰正衣服。

與我期何所？乃期山北岑。日暮兮不來，淒風吹我衿。望君不能坐，悲苦愁我心。

愛身以何為，惜我華色時。中情既款款，然後克密期。褰衣躡茂草，謂君不我欺。廁此醜陋質，徙倚無所之！自傷失所欲，淚下如連絲！

此篇亦著於玉臺新詠，委宛盡致，眞所謂紆徐為妍者也。魏志二十一注引魏略曰：「欽，字休伯。以文才機辯少得名於汝潁間。既長於書記，又善為詩賦，其所與太子書記，喉轉意率皆巧麗。為丞相主簿。建安二十三年卒。」

則時至漢末魏初矣。

又有有作者姓名，而時代失考者二篇：

(5)辛延年羽林郎（雜曲）　詞見樂府詩集卷六十三：

昔有霍（原作爨，依玉臺改。）家奴，姓馮名子都；依倚將軍勢，調笑酒家胡。胡姬年十五，春日獨當鑪；長裾連理帶，廣袖合歡襦；頭上藍田玉，耳後大秦珠；兩鬟（原作霍，依玉臺改。）何窈窕，一世良所無，一鬟五百萬，兩鬟千萬餘。

不意金吾子，娉婷過我廬；銀鞍何煜爚，翠蓋空踟躕。就我求清酒，絲繩提玉壺；就我求珍肴，金盤鱠鯉魚。貽我青銅鏡，結我紅羅裾。——不惜紅羅裂，何論輕賤軀？男兒愛後婦，女子重前夫，人生有新故，貴賤不相踰。多謝金吾子，私愛徒區區。

(6)宋子侯董嬌饒（雜曲）　詞見樂府詩集卷七十三：

洛陽城東路，桃李生路傍；花花自相對，葉葉自相當。春風東北起，花葉正低昂。

不知誰家子，提籠行採桑；纖手折其枝，花落何飄颺！

請謝彼姝子，何為見損傷？高秋八九月，白露變為霜；終年會飄墮，安得久馨香？秋時自零落，春月復芬芳。——何如（諸本作時，今從藝文類聚。）盛年去，歡愛永相忘。
吾欲竟此曲，此曲愁人腸。——歸來酌美酒，挾琴上高堂。

二篇亦著於玉臺新詠，梁任公先生曰：『辛詩言「大秦珠」，當在安敦通使之後。宋詩言「洛陽城」，當在遷鄴以前。』（美文史）

卓班兩篇，既不可據，則五言樂府似產生在東漢章和時代。雖然，樂府詩集每多誤收徒詩，明梅鼎祚古樂苑已經言之；而雜曲之中，誤收者似乎獨多。郭氏自言：『雜曲者，歷代有之，或心志之所存，或情思之所感，或宴遊歡樂之所發，或憂愁憤怨之所興，或敍離別悲傷之懷，或言征戰行役之苦，或緣於佛老，或出於夷虜，兼收備載，故總謂之雜曲。』則『驅龍蛇而放之菹』，其非樂府而郭氏誤收者，蓋不知凡幾？如古詩爲焦仲卿妻作，疑從未入樂也。張繁二篇，雖吳兢已經收入，然吳兢唐人，爲時甚晚；玉臺新詠不言爲樂府。辛宋兩篇，吳兢不錄，更無古據。則四篇者，是否樂府，未易不憑實證，僅以作風定也。但既皆爲五言，而鞞舞有『章和二年中』三首，則自章和以來，確有產生五言樂府之可能，而未著作者之五言古辭，諒爲此時之作矣。茲擇錄數首於下：

（7）豔歌羅敷行（相和曲）　一名陌上桑。古今注曰：『陌上桑，出秦氏女子。秦氏，邯鄲人，有女名羅敷，爲邑人千乘王仁妻。王仁後爲越王家令。羅敷出採桑於陌上，越王登臺見而悅之，因引酒欲奪焉。羅敷乃彈箏作陌上桑歌以自明焉。』吳兢曰：『按其歌詞，稱羅敷採桑陌上，爲使君所邀，羅敷盛誇其夫爲侍中郎以拒之，與舊說不同。』今案此與羽林郎董嬌饒皆豔麗之故事詩，蓋社會有此等傳說，而好事文人，遂剪裁點綴以入詩也。詞載宋志三：

日出東南隅，照我秦氏樓。秦氏有好女，自名爲羅敷。羅敷喜蠶桑，（一本作善採桑，較微妙。）采桑城南隅。青絲爲籠係，桂枝爲籠鉤。頭上倭墮髻，耳中明月珠；湘綺爲下裙，紫衣爲上襦。行者見羅敷，下擔捋頿須；少年見羅敷，脫帽著帩頭；耕者忘其犁，鋤者忘其鋤，——歸來相怒怨，『但坐觀羅敷』！

右第一解言羅敷之美，妙在寫見羅敷者，為其美所攝取，搔耳抓腮，坐立不定：及神情稍靜，始知已事久廢，而互相戲怨曰：「你但坐觀羅敷」！姿態橫生，眞是筆飛色舞。第二解叙使君欲邀取共載：

使君從南來，五馬立峙躇，（樂府詩集卷二十八作踟躕）使君遣吏往，問「是誰家姝？」「秦氏有好女，自名為羅敷。」「羅敷年幾何？」「二十尚不足，十五頗有餘。」使君謝羅敷，「寧可共載不？」羅敷前致辭：「使君一何愚？使君自有婦，羅敷自有夫。」

第三解盛誇其夫以拒使君之求：

東方千餘騎，夫婿居上頭。何用識夫婿？白馬從驪駒。靑絲繫馬尾，黃金絡馬頭。腰中鹿盧劍，可值千萬餘。十五府小吏，二十朝大夫，三十侍中郎，四十專城居。為人潔白晳，鬑鬑頗有須。盈盈公府步，冉冉府中趨。坐中數千人，皆言夫婿殊。

（8）長歌行（四弦曲）詞見樂府詩集卷三十：

靑靑園中葵，朝露待日晞。陽春布德澤，萬物生光輝。常恐秋風至，焜黃華葉衰。百川東到海，何時復西歸？少壯不努力，老大徒悲傷！

吳兢曰：『曹魏改奏文帝所賦西山一何高，』則此爲漢代所奏可知，而其時代似較早，然決非西漢之產也。

(9)雞鳴高樹顛（相和歌）：

雞鳴高樹顛，狗吠深巷中。蕩子何所之？天下方太平，刑法非有貸，柔協正亂名。黃金爲君門，璧玉爲軒闌堂。（疑衍一軒或闌字）上有雙樽酒，作使邯鄲倡。劉玉碧青甓，後出郭門王。舍後有方池，池中雙鴛鴦；鴛鴦七十二，羅列自成行，鳴聲何啾啾，聞我殿東箱。

兄弟四五人，皆爲侍中郎；五日一時來，觀者滿路傍，黃金絡馬頭，熲熲何煌煌？桃生露井上，李樹生桃傍；蟲來齧桃根，李樹代桃僵。——樹木身相代，兄弟還相忘！

玉臺新詠卷一有相逢狹路間一首，題爲古樂府詩。樂府古題要解下亦著相逢狹路間行，注云：『亦曰長安有狹斜行。』樂府詩集卷三十四著相逢行，言：『一曰相逢狹路間行，一曰長安有狹斜行。』而於卷三十五又著長安有狹斜行。並題古辭。余疑與此同一母題（motif）不過寫法稍異耳。茲亦錄下。

相逢狹路間行之詞曰：

相逢狹路間，道隘不容車，如何兩少年，挾轂問君家。君家誠易知，——易知復難忘：黃金爲君門，白玉爲君堂。堂上置樽酒，使作邯鄲娼。中庭生桂樹，華燭何煌煌。兄弟兩三人，中子爲侍郎；五日一來遊，道上自生光。黃金絡馬頭，觀者滿路傍。入門時左顧，但見雙鴛鴦；鴛鴦七十二，羅列自成行。聲音何噰噰，鶴鳴東西廂。大婦織羅綺，中婦織流黃，小婦無所作，挾琴上高堂：『大人且安坐，調絲未遽央。』（依玉臺。樂府詩集字句間小有異同。）

長安有狹斜行之詞曰：

長安有狹斜，狹斜不容車，適逢兩少年，挾轂問君家。君家新市傍，易知復難忘。大子二千石，中子孝廉郎，小子無官職，衣冠仕洛陽。三子俱入室，室中自生光。大婦織綺紵，（一作羅）中婦織流黃，小婦無所爲，挾瑟上高堂：『大夫且徐徐，調絃詎未央。』

二篇雖不見宋志，然樂署清調六曲，載『相逢狹路間行』，亦曰長安有狹斜行，亦曰行逢行。」言爲「王僧虔技錄清調六曲也。」王僧虔，劉宋時人，前於宋書作者沈約，則其來已久。與鷄鳴高樹顚詞旨畧同，當爲同一母題。但孰爲母題，孰爲孳乳，則頗難論定。蓋街陌謳謠，每有數處之產大同小異者。請諸君袪貴遠賤近之習，舉現在歌謠以明之。據平民文學叢書歌謠第一集河北有童謠曰：

年來了，是寃家：兒要帽子，女要花，媳婦要褂子走娘家，媽媽要香燭祭菩薩，婆婆要糯米踹糍粑。

據各省童謠集，則湖北武昌亦有畧同者一首：

年來了，是寃家：兒要帽，女要花，媳婦要勒子走人家，婆婆要糯米做餈巴，爸爸要肉敬菩薩，——一屋大小都吃他。

浙江奉化亦有一首：

新年來到，糖糕祭竈。姑娘要花，小子要炮，老頭子要戴新呢帽，老婆子要吃大花糕。

三首大體相同，必爲同一母題，但孰先孰後，則不能確考。常以爲謳謠乃風俗語言之產物，各地風俗語言大同小異，故亦每每產生大同小異之謳謠，古今一也。

(10)隴西行（瑟調曲） 樂府古題要解曰：「步出夏（一作東字）門行，亦曰隴西行。」樂略亦云，言本王僧虔技錄。是則雖宋志不著，而其來久矣。樂府詩集卷三十七著隴西行，言「一曰步出夏門行，」而又別著步出東門行。其詞相襲者甚多。據樂府詩集，隴西行詞曰：

天上何所有，歷歷種白榆，桂樹夾道生，青龍對道隅。鳳凰鳴啾啾，一母將九雛。顧視世間人，爲樂甚獨殊。

好婦出迎客，顏色正敷愉。伸腰再拜跪，問客平安不？請客北堂上，坐客氈氍毹。清白各異樽，酒上正華疏。酌酒持與客，客言主人持，却略再拜跪，然後持一杯。談笑未及竟，左顧敕中厨，促令辦麤飯，愼莫使稽留。廢禮送客出，盈盈府中趨。送客亦不遠，足不過門樞。——娶婦得如此，齊姜亦不如，健婦持門戶，勝一大丈夫。

步出夏門行詞曰：

邪徑過空廬，好人常獨居。卒得神仙道，上與天相扶。過謁王父母，乃在太山隅。離天四五里，道逢赤松俟。攬轡爲我御，將吾上天遊。天上何所有，歷歷種白楡，桂樹夾道生，靑龍對伏趺。

『天上何所有』數句，在第二首略接有意義，在第一首則毫無關係，故疑第一首視第二首時代較晚。歌謠中每用不相干之數語襯起，古人所謂『興』也。如歌謠編所引鄘風桑中篇，所詠本爲與戀人期會，而一章之首，則曰：『爰采唐矣，沬之鄉矣。』二章之首，則曰：『爰采麥矣，沬之北矣。』三章之首，則曰：『爰采葑矣，沬之東矣。』與所詠毫不相關。（注疏家自有牽强附會之說）再如現在揚州有一首童謠曰：

芭蕉扇，節打節。娶個老婆黑鍋鐵。人人說我老婆黑，我說老婆紫檀色；人人敎我休了罷，隔（割）心隔（割）膽捨不得。』——見童謠大觀

『芭蕉扇』二句，與篇旨毫不相關。蓋此等或因所見，或因所持以起興，或竟並無他因，祗爲聲音韻美。且篇中亦每意隨韻轉，絕不加以限制。以深思

大義繩之，絲毫無可取；但此乃眞天地自然之文也。

(11)折楊柳行（瑟調曲） 詞見宋志三：

默默施行違，厥罰隨事來。末喜殺龍逢，桀放於鳴條。（一解）

祖伊言不用，紂頭懸白旄。指鹿用爲馬，胡亥以喪軀。（二解）

夫差臨命絕，乃云負子胥。戎王納女樂，以喪其由余。璧馬禍及虢，二國俱爲墟。（三解）

三夫成市虎，慈母投杼趨。卞和之刖足，接予（樂府詩集作輿）歸草廬。（四解）

漢末樂府多傷亂離，或叙風情，此獨歌詠歷史，別樹一格。

(12)飲馬長城窟行（瑟調曲） 文選作古辭，玉臺作蔡邕。詞曰：

青青河畔草，綿綿思遠道。——遠道不可思，宿昔夢見之。夢見在我傍，忽覺在他鄉。他鄉各異縣，展轉不可見。枯桑知天風，海水知天寒。入門各自媚，誰肯相爲言。

客從遠方來，遺我雙鯉魚。呼童烹鯉魚，中有尺素書。長跪讀素書，書中竟何如？上有『加餐食』，下有『長相憶』。

(13)上留田行（瑟調） 古今注曰：『上留田，地名也。其人有父母死

，兄不字其孤者，鄰人爲其弟作悲歌以諷其兄，故曰上留田。」樂府詩集不正載古辭，祗附於魏文帝詞下：（卷三十八）

> 里中有啼兒，似類親父子；回車問啼兒，慷慨不能止！

言短音促，令人不忍卒讀。以格調而論，似產生時期較早。

（14）豔歌何嘗行（瑟調曲）　詞見樂府詩集卷三十九，有二首，今錄第一首：

> 翩翩堂前燕，冬藏夏來見。兄弟兩三人，流宕在他縣。故衣誰當補？新衣誰當綻？賴得賢主人，覽取爲吾綻。
> 夫婿從外來，斜柯西北眄。語卿『且勿眄；水清石自見。』——石見何纍纍，遠行不如歸。

末段將客及夫婦三人之心情狀態，活活表現紙上。

（15）枯魚過河泣（雜曲）　詞見樂府詩集卷七十四：

> 枯魚過河泣，何時悔復及！作書與魴鱮，相教愼出入。

以風格論，似乎較早。

此外平調曲有君子行，楚調曲有怨詩行，……不備引。雜曲中有驅車上東門，冉冉孤生竹，即世所謂古詩十九首中之二首；又有古詩爲焦仲卿妻作，疑其根本未嘗入樂。以雜曲漫無界劃，自可亂採以侈其富，擬俟詩編論次。五言樂府，有年代可攷者，最早在章和之間；非五言者，則自西漢之初，已有著錄。則此等完美之五言樂府，蓋在章和以後，最遠不能超過東漢。而妄者每據宋志『樂府古辭，並漢世謳謠』之言，謂此等樂府，生於西漢，或竟謂有武帝樂府所錄者，（范文瀾文心雕龍講疏卽主此說）斯亦好古過甚之咎歟？

（三）疑非漢歌者。馮舒詩紀匡謬曰：『古之云者，時世不定之辭也。……概歸之漢，所謂無稽之言，君子弗聽矣。』今案宋志明謂『樂府古辭，並漢世謳謠，』馮氏之言，似未盡察。然鄭樵樂畧，郭茂倩樂府詩集所載古辭，幾倍宋志，而後人每援宋志之言，認爲漢世之歌，以甲例用於乙書，烏能誰當？木蘭詩，吾儕知出於唐初，而樂府詩集亦題曰古辭，則馮氏謂「一時世不定之辭」，不爲無據。且宋志之著作，去漢已遠，亦難必其不無失考。故特闕疑非漢歌一類，以疏通而明辯之。

(1)東光乎（相和曲）宋志作東光平，樂畧及樂府詩集（卷二十七）作東光。其詞曰：

東光乎倉梧，何不乎倉梧。（二句不甚可解）多腐粟，無益諸軍糧。諸軍游蕩，子蚤行，多悲傷。

樂府詩集引古今樂錄曰：『張永元嘉技錄云：「東光，舊但弦，無音，宋識造其歌聲。」有弦無音，蓋卽無辭，如詩經之六笙詩者然。再考樂畧列此爲相和三十曲之末一曲，言：『始十七曲，魏晉之世，朱生，宋識，列和等，復爲十三曲。』與張錄比觀，此曲似在魏晉十三曲之中，而歌辭似亦非漢世矣。不惟此歌，相和三十曲中，非漢世者，知有十三曲，惜無從考其爲何曲焉。

(2)西門行（瑟調曲） 詞見宋志：

出西門，步念之。今日不作樂，當待何時？（一解）

夫為樂，為樂當及時，何能坐愁怫鬱，當復待來茲？（二解）

飲醉酒，炙肥牛，請呼心所歡，可用解愁憂。（三解）

人生不滿百，常懷千歲憂；晝短苦夜長，何不秉燭遊？（四解）

自非仙人王子喬，計會壽命難與期。自非仙人王子喬，計會壽命難與期。（五解。原不書疊句，而每字下注一『二』字。）

人壽非金石，年命安可期？貪財愛惜費，但為後世嗤。（六解）

此見於宋志，樂府詩集又注為『晉樂所奏』。（卷三十七）似毫無問題，余所以疑其晚出者：

(a)樂府詩集引古今樂錄曰：『王僧虔技錄云：『西門行歌古西門一篇，今不傳。』王僧虔，於宋文帝時為太子舍人，旋遷尚書令。沈約生於文帝元嘉十八年，王僧虔時已不傳，沈約烏從著之？

(b)樂志所載，蓋非古西門，乃後人撰古詩緣附題意以成者。文選古詩十九首之第十五首曰：

生年不滿百，常懷千歲憂，晝短苦夜長，何不秉燭遊？爲樂當及時，何能待來茲？愚者愛惜費，但爲後世嗤。仙人王子喬，難可與等期。

此篇與之從同，而字句稍增，當爲取之而畧加附益，以使似樂府歌行耳。而朱彝尊玉臺新詠序反以詩乃裁剪此篇以成者，誤矣。

(c)樂府詩集載此曲本辭，首數句爲：

出西門，步念之。今日不作樂，當待何時？逮爲樂，逮爲樂，當及時。

樂府所奏多疊句以赴節，(如第一章所引苦寒行，塘上行皆然。)本辭疊句者極少，此何以獨疊「待爲樂」一句？蓋以恐全同古詩，故使疊句以示有別；本祇作一篇，畧稍變動以爲本辭，尚未加刋落耳。

(3)傷歌行(雜曲)　詞見樂府詩集卷六十二：

昭昭素明月，輝光燭我床。憂人不能寐，耿耿夜何長！微風吹閨闥，羅帷自飄揚。攬衣曳長帶，屣履下高堂。東西安所之？徘徊以彷徨。春鳥翻（一作向）南飛，翩翩獨翱翔。悲聲命儔匹，哀鳴傷我腸。感物懷所思，泣涕血霑裳。佇立吐高吟，舒憤訴穹蒼。

余諦視此首，覺其綺靡哀思，不似漢人之作。檢古詩紀（漢卷之七）果曰：「外編作魏明帝。」外篇不知何如書，約之，此篇有魏明帝作之說，與作風不類漢人相合。古詩及樂府有兩種似相反，而確爲事實之現象：一，無名氏古辭每嫁名漢人。二，魏晉六代之作每誤爲古辭；由誤爲古辭，又每嫁名漢人。如白頭吟本古辭，而後人以爲卓文君作。河梁贈別詩，不知作者姓名，而後人以爲蘇武李陵作。怨歌行本顏延年作，而後人誤以爲古辭，又誤以爲班婕妤作。第一章所引塘上行，樂府古題要解曰：『前志云：晉樂奏魏武帝蒲生篇，而諸集皆言其詞文帝甄后所作，歎以讒訴見棄，猶幸得新好，不遺故惡焉。』歌錄亦曰：「或云甄皇后造。」而又曰：「塘上行古辭。」則有以此篇爲古辭者矣。再如前所引苦寒行，樂府古題要解曰：「晉樂奏魏武帝北上太行，備言氷雪谿谷之苦。」古詩紀亦繫於魏武，而注曰：「藝文樂府竝作魏文帝。」考樂府詩集題魏文帝，而全錄樂府古題要解之言。審其表德，卓絕堅苦，誠如詩品稱「曹公（武帝）古直，甚有悲涼之句，」不似文帝之「美贍可翫。」（亦詩品語）無論如何，此乃曹氏之歌。而鄭樵樂略於苦寒行下，注云：「晉樂奏古辭云：『北上太行山，……』云云，備載全篇，即魏武之歌。再如平調曲有君子行，文選二十七，樂府詩集三十二均作古辭。而藝文類聚四十二引作曹植作，古詩紀亦注云：『曹子建集亦載此首。』

推原其故，蓋偶或失名，或爲甲爲乙，不能斷定，卽題爲古辭。故鄭郭晚出，而所錄古辭視沈氏幾增一倍。著錄之人，亦未必盡以爲兩漢之歌，而後人每據宋志古辭並漢世謳謠之詞，妄推爲漢時耳。

至古辭或失名之作嫁名漢人者，則以歌詞所詠爲某人，或事類某人，遂謂爲某人之作。所以白頭吟嫁名卓文君，怨歌行嫁名班姬，河梁詩嫁名蘇李。魏晉六代最喜詠古事以寄意，尤以明妃和番，細君（烏孫公主）遠嫁，李陵降北，蘇武留胡，項羽失敗英雄，幸有虞姬之知己，婕妤色衰愛弛，遂終供養於長門，千古遺恨，最宜入詩，故諸人集中，皆迭見不一見。傳誦鈔刻，偶遺主名，遂每以被詠之人，認爲作詩之士。亦猶先秦諸子，每以書中稱道某人，即題爲某人之書耳。如樂府詩集相和歌有王明君一首，王昭君二十九首，明君詞六首，昭君詞七首，昭君歎二首；又有班婕妤十三首，婕妤怨九首；此一或失名，卽易認爲昭君班姬自作。卽如王昭君一首，發端卽曰：「我本漢家子，將適單于庭。」通篇皆代昭君自序。而題下並未注明作者，惟於小序中引古今樂錄曰：「明君歌舞者，晉太康中季倫（石崇）所作也。」讀者一或粗心，最易以爲明君自述之詞。再有選家，按其歌詞，製爲小序，謂明君如何遠嫁單于，如何悲慘，如何自傷而作詩云云，則由非成是，爲千古定案，沿誤傳謬，無有能爲之舉正者。卽有舉正者，而世人亦必據由非成是之說，詆其好作聰明，妄立異說。由此知治古代學術，不能不以銳敏眼光，科學方法，察詳而愼審之也。

(4)王嬙昭君怨（舊入琴曲）　詞見樂府詩集卷五十九：

秋木萋萋，其葉萎黃。有鳥處山，集於苞桑，養育毛羽，形容生光。既得升雲，上遊曲房；離宮絕曠，身體摧藏，志念抑鬱，不得頡頏，雖得委食，心有徊徨。我獨伊何，改往變常。翩翩之燕，遠集西羌。高山峩峩，河水泱泱。父兮母兮，道里悠長！嗚呼哀哉，憂心惻傷！

考此歌始見琴操，作怨曠思惟歌。琴操之為偽書，歌謠編已詳論之。然樂府古題要解載。「一說……漢人憐昭君遠嫁，為作歌行。始武帝以江都王建女細君為公主，嫁烏孫王昆莫　令琴瑟馬上作樂，以慰其道路之思。其送明君亦然。」則疑琴操之說，而不以為嬙作也。樂府詩集直題王嬙，古詩紀更曰：「昭君在胡，作詩以怨思云。」而皆不言本之琴操，則後人雖知琴操不可信者，亦以此詩真出王嬙矣。

(5) 蔡琰胡笳十八拍（舊入琴曲）　詞見樂府詩集卷五十九。茲錄第一、第十兩拍：

我生之初尚無為，我生之後漢祚衰。天不仁兮降亂離，地不仁兮使我逢此時。干戈日尋兮道路危，民卒流亡兮共哀悲。煙塵蔽野兮胡虜盛，志意乖兮節義虧。對殊俗兮非我宜，遭惡辱兮當告誰！（惡疑爲汚）笳一會兮琴一拍，心潰死兮無人知。——第一拍

城頭烽火不曾滅，疆場戰征何時歇！殺氣朝朝衝塞門，胡風夜夜吹邊月。故鄉隔兮音塵絕，哭無聲兮氣將咽。一生辛苦兮緣別離，十拍悲深兮淚代血！——第十拍

琰，字文姬，蔡邕女。興平（獻帝二元）中，沒入匈奴左賢王，在胡中十二年，生二子。曹操以金璧贖歸，改嫁董祀。後漢書列女傳載琰有悲憤詩。此十八拍者，蓋後人緣悲憤詩以依託者。樂府詩集引唐劉商胡笳曲序曰：「蔡文姬善琴，能爲雜鸞別鶴之操。胡虜犯中原，爲胡人所掠，入番爲王后，王甚重之。武帝與邕有舊，敕大將軍贖以歸漢。胡人思慕文姬，乃捲蘆葉爲吹笳，奏哀怨之音。後董生以琴寫胡笳聲爲十八拍，今之胡笳弄是也。」今案劉商，唐大曆（代宗四元）進士，自己亦有胡笳十八拍。余疑所謂文姬十八拍者，亦出商手，亦如韋元甫自作木蘭詩，而言得於民間，自己又擬作一首，（俟敍梁樂府時詳論）其技倆全同。何以言之？

(a)於古無徵，始出劉商，得自何所，見之何書，毫無來歷，非自己向壁虛造而何？

(b)第十拍爲歌行，而酷類律詩，所以胡適之疑爲唐人作品也。(白話文學史第六章)

(c)樂府詩集引李肇國史補曰：『唐有董庭蘭善沈聲祝聲，蓋大小胡笳云。』則所謂胡笳者，始出唐人歌辭可知矣。

有此三證，知其蓋出劉商之手。卽退一步言，信從劉商之說，亦未以爲文姬所作。其序明言『後董生以琴寫胡笳寫爲十八拍，』則劉氏以十八拍作於董生。董生爲何人不可知，然以國史補之言參之，似卽董庭蘭。再退一步言，其序有曰：『胡人思慕文姬，乃捲蘆葉爲吹笳，奏哀怨之音，』此十八拍卽其所奏。無論如何，十八拍至劉商傳出，劉商未以爲文姬作。其敘文姬曰：『善琴，能爲離鸞別鶴之操。』離鸞別鶴之操，固非十八拍。且繫於『爲胡人所掠』之前，而此十八拍者乃歷敘其沒於胡虜，又復歸於漢，其性質與內涵，截然不同。郭氏不察，遽題蔡琰二字，而後人遂以爲文姬自作，謬矣。

(6)樂府詩集雜曲中尚有題古辭者三首，皆一望而知非漢人之作。郭氏自言『雜曲者，歷代有之，』則亦未必以此三首爲出於漢人。然既題爲古辭，則易於使人誤以爲漢歌；且其歌辭甚美，確有論述價值；所以藉此列而辯之。見於卷六十八者一首，曰東飛伯勞歌：

東飛伯勞西飛燕，黃姑織女時相見。誰家女兒對門居，開顏發豔照里閭：南窗北牖桂月光，羅帷綺帳脂粉香。女兒年幾十五六，窈窕無雙顏如玉。——三春已暮花從風，空留可憐與誰同？

見於卷七十二者有兩首，一西洲曲：

憶梅下西洲，折梅寄江北。單衫杏子紅，雙鬢鴉雛色。西洲在何處？兩槳橋頭渡。日莫伯勞飛，風吹烏臼樹。樹下即門前，門中露翠鈿。開門，郎不至，出門採紅蓮。採蓮南塘秋，蓮花過人頭。低頭弄蓮子，蓮子青如水。置蓮懷袖中，蓮心徹底紅。憶郎，郎不至，仰首望飛鴻。鴻飛滿西洲，望郎上青樓。樓高望不見，盡日欄干頭。欄干十二曲，垂手明如玉。卷簾天自高，海水搖空綠。海水夢悠悠，君愁我亦愁。南風知我意，吹夢到西洲。

一長干曲：

逆浪故相邀，菱舟不怕搖。妾家揚子住，便弄廣陵潮。

三首作風格調，綺靡秀麗。以歷代文學變遷之情形視之，知必出齊梁六代，非漢人所作。檢文苑英華，東飛伯勞歌屬梁武帝；玉臺新詠，西洲曲屬江淹；惟長干曲無考。然漢雖有廣陵國，而稱道者甚少，不見有入詩歌者。揚子之名，更爲漢所未有，唐代於揚子津渡江抵京口，後遂置揚子縣。（今儀徵縣）揚子津有揚子橋，唐代甚顯豁，未知始於何時，然兩漢之書，未曾一見。崔顥亦有長干曲四首，李白有長干行二首，張潮有長干行一首，崔國輔有小長干曲一首，皆唐時人。暗示余等此首亦有唐時嫌疑。然晉書桓元（玄）

傳有『長干巷，巷長干』之童謠，（見歌謠編第六章）諸歌與此，似不無關係，則亦或出于六代。要之，必非漢謳。

考訂思想或文藝之眞僞及年代，方法雖多，大別有二：一曰證據，一曰直觀。證據固可鑄成定讞，直觀尤能使僞者無所隱逃。蓋一時代有一時代之學術思想，一時代有一時代之文藝風格，即有意作僞，力摹古人，其時代色彩，亦不能盡去。故熟于學藝流變者，可一望而知。猶之書畫家之於書畫，金石家之於金石，全憑直觀，亦可定其年代而不誤。故茲三首者，即無佐證，亦知其生於六代隋唐也。

三　漢代樂府源流變遷表

漢代爲樂府之創作時期，作者多無名平民。其源流變遷，根據以上所述，可製表如下：

(1)西漢多雜言，三言，四言者；四言者，畧似詩騷。
原因：西漢上承周秦，故多效法詩騷之詩歌。

（一）形式方面

(2)東漢語句逐漸整齊，成功五言體。

原因：至東漢，一班人對詩騷體逐漸因舊生厭，故別創五言體。

(3)自西漢之初，以至東漢之末，詞句方面，逐漸由質樸進於華美。

原因：以漢代崇質，而至末年則逐漸招反動，走入浮華也。

（二）內容方面

(1)平民所作，多歌詠社會問題。

原因：平民生長民間，目擊經濟之壓迫，社會之刺激，故每對社會上奇異而難以解決的問題，發為熱烈的，同情的歌唱。

(2)文人所作，多歌詠男女風情。

原因：文人無經濟之壓迫，有閒暇之幽情，故多遊戲或馳情之情懋文學。

第三章　魏晉樂府

樂府之盛，莫盛於建安前後。（東漢之末至曹魏之初）故若完全以樂府爲立場，分析篇章，宜以建安前後爲全盛時期；西漢以至東漢之初，爲發生時期；建安以降，爲摹仿時；隋唐爲分化時期；後此即衰落矣。今茲之編，係以中國全部文學爲立場，樂府不過爲全部文學之一部分耳。若各個局部文學，皆就其本身分期，於其本身之原委，雖易於明瞭；於全部文學，則難於究悉。故今各個局部文學，皆使同一分期，對本身雖有遷就之嫌，於全部文學則易於了解，俾讀者不惟得局部的縱的觀念，且得全部的縱的觀念；不惟得全部的縱的觀念，且得全部的橫的觀念。

一　魏——附吳蜀

漢末以至魏晉六代，爲五言詩歌樂章之全盛時代。詩品曰：『降及建安，曹公父子，篤好斯文；平原兄弟，鬱爲文棟；劉楨王粲，爲其羽翼；次有攀龍託鳳，自致于屬車者，蓋將百計，彬彬之盛，大備於時矣。」

樂府至曹氏父子時代，有五種現象（亦可謂之變化）：

（1）篇幅稍長。前此樂府，除繁欽定情詩外，每篇祇數十字，長者不過百餘字；二百字以上之作，殊不多覯。繁欽卒於建安二十三年，已與曹公時相值，不過生卒之年較早耳。曹公樂章，則多長至二三百言者，短者亦百言上下，三數十言者，幾不一見。如度關山一首，短歌行二首，善哉行二首，對酒一首，皆百數十言。秋胡行二首，皆二百數十言。氣出唱第一首，亦幾二百言。

秋胡行二首之二：（清調）

願登泰華山，神人共遠遊。願登泰華山，神人共遠遊。經歷崑崙山，到蓬萊，飄颻八極，與神人俱思神藥，萬歲爲期。——歌以言志，願登泰華山。（一解）

天地何長久，人道居之短。天地何長久，人道居之短。世言伯陽殊不知老，赤松王喬亦云得道。得之未聞，庶以壽考。——歌以言志，天地何長久。（二解）

明明日月光，何所不光昭？明明日月光，何所不光昭？二儀合聖化，貴者獨人不？萬國率土，莫非王臣。仁義爲名，禮樂爲榮。——歌以言志，明明日月光。（三解）

四時更逝去，晝夜以成歲。四時更逝去，晝夜以成歲。大人先天而天弗違，不戚年往，憂世不治。存亡有命，慮之爲蚩。——歌以言志，四時更逝去。（四解）

戚戚欲何念？歡笑意所之。戚戚欲何念？歡笑意所之。壯盛智惠，（丁福保全三國詩謂一作慧。按作慧是；作惠者，音訛也。）殊不再來。愛時進趣，將以惠誰？汎汎放逸，亦同何爲？——歌以言志，戚戚欲何念？（五解）

按此魏晉樂所奏，諒於本辭有增益，如每解首二句之重句。然去此仍餘二百數十言，亦爲東漢所未有。

文帝篇什，詩品稱其「美贍可翫，」亦多委宛悠長之作。最爲鉅製者，如大墻上蒿行：（瑟調）

陽春無不長成，草木群類隨大風起，零落若何？翩翩中心獨立一何煢！四時舍我驅馳，今我隱約欲何爲？人生天壤間，忽如飛鳥棲枯枝，今我隱約欲何爲？

適君身體所服，何不恣君口腹所嘗？冬被貂鼲溫暖，夏當服綺羅淸涼。行力自苦，我將欲何爲？不及君少壯之時，乘堅車，策肥馬良？

上有滄浪之天，今我難得久來視；下有蠕蠕之地，今我難得久來履。何不恣意遨遊，從君所喜，帶我寶劍？今爾何爲自低卬悲？

麗平壯觀，白如積雪，利如秋霜，駁犀標首，玉琢中央，帝王所服，辟除凶殃，御左右，奈何致福祥？

吳之辟閭，越之步光，楚之龍泉，韓有墨陽，苗山之鋋，羊頭之鋼：知名前代，咸自謂麗且美，曾不如君劍良，綺難忘。（綺，當同迄）

冠青雲之崔嵬，纖羅爲纓；飾以翠翰，既美且輕；表容儀，俯仰光榮。宋之章甫，齊之高冠，亦自謂美，蓋何足觀？

排金鋪，坐玉堂，風塵不起，天氣淸涼。奏桓瑟，舞趙倡，女娥長，歌聲協宮商，感心動耳，蕩氣回腸。酌桂酒，鱠鯉魴，與佳人，期爲樂康，前奉玉巵，爲我行觴。——今日樂、不可忘，樂未央。

爲樂常苦遲，歲月逝忽若飛，何爲自苦，使我心悲？

陳思王曹植，詩品稱其「骨氣奇高，詞采華茂，情兼雅怨，體被文質，粲溢今古，卓爾不羣。」謂「陳思之於文章也，譬人倫之有周孔，鱗羽之有龍鳳。……」推之至矣。其樂府更多鴻篇鉅製。如鼙舞歌五首，皆洋洋數百言。人艷稱道者，如名都，美女，白馬，驅車，棄婦諸篇，亦皆二三百言，視乃父乃兄之作，更宏肆矣。

美女篇（歌錄曰：「名都，美女，白馬，並齊瑟行也。」）

美女妖且閑，採桑歧路間。柔條紛冉冉，落葉何翩翩！攘袖見素手，皓腕約金環。頭上金爵釵，腰佩翠琅玕。明珠交玉體，珊瑚間木難。羅衣何飄飄，輕車隨風還。顧盼遺光彩，長嘯氣若蘭。行徒用息駕，休者以忘餐。

借問女安居，乃在城南端。青樓臨大路，高門結重關。容華耀朝日，誰不希令顏？媒氏何所營？玉帛不時安。（丁福保全三國詩曰：『安字未詳。李善注：「安，定也。」意不可解。然唐本業已如斯，似非訛字，當闕所疑。』）佳人慕高義，求賢良獨難。衆人徒嗷嗷，，安知彼所歎！盛年處房室，中夜起長歎。

明帝柔媚脆弱，略同六代，不及曹公丕植之慨慷。然其篇製，亦每較東漢為冗長。余最愛其傷歌行，綺靡哀婉，娓娓動人。以其或謂為古辭，故前章已經論述。茲舉其長歌行（平調）：

靜夜不能寐，耳聽衆禽鳴。大城育狐兎，高墉多鳥聲。壞宇何寥廓，宿屋邪草生。中心感時物，撫劍下前庭，翔佯於階際，景星一何明？仰首觀靈宿，北辰奮休榮。哀彼失羣燕，喪偶獨煢煢；單心誰與侶？造房孰與成？徒然喟有和，悲慘傷人情。余情偏易感，懷問（一作往）增憤盈；吐吟音不徹，泣涕沾羅纓。

（2）慨復四言體。東漢樂府多五言或長短句者，四言者無幾，（箜篌引四言，然只四句。雁門太守行，非純粹四句。惟善哉行為長篇四言樂府。）七言者更不一見。魏武四言樂府極多。人人稱誦之短歌行二首，為四言。善哉行二首，步出東西門行四首，亦皆四言。

短歌行二首之一（四弦曲）：

對酒當歌，人生幾何，譬如朝露，去日苦多。
慨當以慷，憂思難忘；何以解憂？惟有杜康。
青青子衿，悠悠我心，但爲君故，沈吟至今。
呦呦鹿鳴，食野之苹。我有佳賓，鼓瑟吹笙。
明明如月，何時可輟？（一作掇）憂從中來，不可斷絕。
越陌度阡，枉用相存；契闊談讌，心念舊恩。
月明星稀，烏鵲南飛，繞樹三匝，無枝可依。
山不厭高，水不厭深，周公吐哺，天下歸心。

文帝更多四言之作，如短歌行，丹霞蔽日行，善哉行二首，秋胡行三首之前後二首是也。試舉善哉行二首之一：

上山採薇，薄暮苦飢，谿谷多風，霜露沾衣。（一解）
野雉羣雊，猴猿相追。遠望故鄉，鬱何壘壘？（二解）
高山有崖，林木有枝，憂來無方，人莫之知！（三解）

人生如寄，多憂何爲？今我不樂，日夜其馳。（四解）

湯湯川流，中有行舟，隨波迴轉，有似客遊。（五解）

策我良馬，被我輕裘，載馳載驅，聊以忘憂。（六解）

陳思王，魏明帝，亦咸有四言，在樂府爲增闢園地，在詩章爲詩經四言體之再現，此實顯異於東漢者也。

（3）創作七言體。文帝有通篇七言之完美樂府二首，在樂府文學流變上，更佔重要地位。且其詞優美深至，已略同後世之七言古詩。茲亟錄於下：

燕歌行二首（平調曲）：

秋風蕭瑟天氣凉，草木搖落露爲霜。（一解）

羣燕辭歸鵠（一作雁）南翔，念吾（一作君者是）客遊多思腸。（二解）

慊慊思歸戀故鄉，君何淹留寄他方？（三解）

賤妾煢煢守空房，憂來思君不敢（一作可，義較長。）忘。（四解）

不覺淚下霑衣裳，援琴鳴絃發清商。（五解）

短歌微吟不能長，明月皎皎照我牀。（六解）
星漢西流夜未央，牽牛織女遙相望，——爾獨何辜限河梁！

別日何易會日難，山川悠遠路漫漫。（一解）
鬱陶思君未敢言，寄書（一作聲）浮雲往不還。（二解）
涕零雨面毀容顏，誰能懷憂獨不歎？（三解）
耿耿伏枕不能眠，披衣出戶步東西。（四解。西古讀先。）
展詩清歌聊自寬，樂往哀來摧心肝。悲風清厲秋氣寒，羅帷徐動經秦軒。（五解）
仰戴星月觀雲間，飛鳥晨鳴聲可憐，（樂府詩集聲下多一氣字，疑衍。）留連顧懷不自存。（六解）

前此樂府，無純粹七言者。唐山夫人房中歌：「大海蕩蕩水所歸，高賢愉愉民所懷，」雖爲七言，而後四句曰：「大山崔，百卉殖，民有貴，貴有德、」則非七言。漢武時郊祀歌天門章「丞蒙礎福常若斯……」以下八句，景

星章『空桑琴瑟結信成……』以下十二句，皆七言，而其前半皆非七言。純粹七言樂章，當推文帝此二首矣。（在七言詩起源上亦佔重要地位，俟詩編詳論。）

（4）完成仿效的樂府。『以舊曲，翻新調，』雖不始於曹氏父子，而實成於曹氏父子。漢明帝時東平王武德舞歌詩，和帝時雁門太守行，（俱見前章）雖皆依舊譜製詞，然此外不多見，未成風氣，及曹氏父子兄弟出，其所作樂府，率皆一用漢譜，完成仿效的樂府。自六代以至隋唐，所有樂府，幾全屬此類。爲功爲罪，治文學者，不能不歸之曹氏也。

（5）內容含極頹喪之人生觀。樂府至曹氏時代，不惟形式上，五言者逐漸發展，蔚爲大觀；四言者，重復再現；七言者，創爲新體。而內容上亦與漢代不同，表現極濃厚之頹喪的人生觀。魏武創業之君，千古梟雄，尚能自拔於流俗，時作振作語，如短歌行曰：『山不厭高，水不厭深，周公吐哺，天下歸心。』如度關山曰：『車轍馬跡，經緯八極。』然亦有『人生幾何，去日苦多』之感。（亦短歌行語）文帝樂府更觸目皆悽楚之音，頹喪之語，卽如所引秋胡行，燕歌行，無一不充滿此種思想。他人更無論矣。此蓋半由於天下久亂，半由於佛教東漸故也。

✿ ✿ ✿

建安七子，號稱文學極盛，而於樂府，則頗闃然。故叙魏代樂府，曹氏實爲主位，其餘不過附庸已耳。然少則少矣，而陳琳之飲馬長城窟行，（懸調）却眞爲可歌可泣之文字：

飲馬長城窟，水寒傷馬骨。往謂長安史：愼留稽留太原卒！官作自有程，擧築諧汝聲。男兒寧當格鬭死，何能怫鬱築長城？

長城何連連！連連三千里。邊城多健少，（一作兒）內舍多寡婦。作書與內舍，『便嫁莫留住；善事新姑章，（一作嫜）時時念我故。』

夫子（疑爲人之誤）報書往邊地，『君今出語一何鄙？身在患難中，何爲稽留他家子？生男愼莫擧，生女哺用（一作其）脯。君獨不見長城下，死人骸骨相撑拄！結髮行事君，慊慷心意關，明知邊地苦，賤妾何能久自全？」

王粲有從軍行二首，（平調）阮瑀有駕出北郭門行，（雜曲）皆平庸無可采。以「新聲」見稱之左延年有秦女休行一首，寫燕王婦秦女休爲宗報讐故事，生動活潑，慷慨淋漓：

步出上西門，遙望秦氏廬。秦氏有好女，自名爲女休。休年十四五，爲宗行報讐。左執白楊刄，右據宛魯（一作景）矛。讐家便東南仆僵，秦女休女休西上山；（疑衍女休二字）上山四百里。關吏呵問女休。女休前置詞：「平生爲燕王婦，於今爲詔獄囚；平生衣參差，當今無領襦。明知殺人當死，兄言怏怏，（一作悵）弟言無道憂。」女休堅詞：「爲宗報讐死不疑。殺人都市中，徼我都市西。」丞相羅列東向坐，女休悽悽曳梏前，兩徒夾我持。刀五尺餘。刀未下，朣朧擊鼓赦書下。

此外王粲有太廟頌三首，俞兒舞歌四首，繆襲有魏鼓吹曲十二首。郊廟燕射應制之文，毫無性靈可言，無論何時何人，難有出色之作。若考歷代之「樂府制度」，此部材料，最關重要。今考「樂府文學」，則此種無性靈，無生氣，純出效顰之機械文字，絕無攝錄價值。漢歌亦不足採，然事尊其始，故爲著之，自魏晉而下者，皆不論述矣。

鼓吹歌曲，漢代者，或出文人製作，或乃民間歌謠，其文學價值本極高。然以其用爲軍中之歌，遂成爲制度，而後世變爲應制製作之官樣文，故亦不採。

吳樂惟有韋昭之吳鼓吹十二曲，無可觀者。蜀無樂章，惟諸葛亮之梁甫吟，在相和曲楚調中：

步出齊城門，遙望蕩陰里。里中有三墓，累累正相似。問是誰家墓？田疆古冶子。力能排南山，文能絕地紀。一朝被讒言，二桃殺三士。誰能爲此謀？國相齊晏子。

二　晉

晉分東西，東晉即爲南朝，故今先只敍西晉。西晉樂府，概皆模擬古樂府之作，無自己創製者。篇章雖多，而有生氣，有性靈者，則甚少，倘以優孟衣冠，外形易似，內心難學也。

晉初爲樂府者，以張華傅玄最著。二人皆稱博學，華有博物志、雜記，文集數十卷，玄有傅子百二十卷，集五十卷。華樂府有輕薄篇，（雜曲）寫當時風氣之奢靡薄蕩，可以代表晉代文人士夫之人生觀，於文學上之影響亦極大。其辭曰：

末世多輕薄，驕代（一作或）好浮華。志意既放逸，貲財亦豐奢。被服極纖麗，肴膳盡柔嘉。僮僕餘粱肉，婢妾蹈綾羅。文軒樹羽蓋，乘馬鳴玉珂。橫簪刻玳瑁，長鞭錯象牙。足下金鑮履，手中雙莫邪。賓從煥絡繹，侍御何芬葩！朝與金張期，暮宿許史家。甲第面長街，朱門赫嵯峨。蒼梧竹葉青，宜城九醞醝。浮醪隨觴轉，素蟻自跳波。美女興齊趙，妍唱出西巴；一顧城國傾，千金甯足多？北里獻奇舞，大陵奏名歌，新聲踰激楚，妙妓絕陽阿。玄鶴降浮雲，鱏魚躍中河；墨翟且停車，展季猶咨嗟，淳于前行酒，雍門坐相和。孟公結重關，賓客不得蹉。三雅來何遲？耳熱眼中花。盤案互交錯，坐席咸喧嘩；簪珥或（一作咸）墮落，冠冕皆傾邪。酣飲終日夜，明燈繼朝霞。絕纓尚不尤，安能復顧他？留連彌信宿，此歡難可過。人生若浮寄，年時忽蹉跎；促促朝霞期，榮樂遽幾何？念此腸中悲，涕下自滂沱。——但畏執法吏，禮防且切磋。

傅玄有歷九秋篇董逃行一首，詞雖不佳，然通體六言，於樂府詩歌之體製上，頗有關係。茲亦錄之：

歷九秋兮三春，遣貴客兮遠賓。顧多君心所親，乃命妙伎才人，炳若日月星辰。

序金罍兮玉觴，賓主遞起雁行。杯若飛電絲光，交觴接卮結裳，慷慨歡笑萬方。

奏新詩兮夫君，爛然虎變龍文，渾如天地未分。齊謳楚舞紛紛，歌聲上激青雲。

窮八音兮異倫，奇聲靡靡每新。微笑素齒丹脣，逸響飛薄梁塵，精爽眇眇入神。

坐咸醉兮沾歡，引樽促席臨軒，進爵獻壽翩翩。千秋要君一言：『願愛不移若山』！

君恩愛兮不竭，譬若朝日夕月。此景萬里不絕，長保初醮結髮，何憂坐生胡越？

攜弱手兮金環，上遊飛閣雲間，穆若鴛鳳雙鸞。還幸蘭房自安，娛心極意難原。

樂既極兮多懷，盛時忽逝若頹，寒暑革御景迴。春榮隨風飄摧，感物動心自哀。

妾受命兮孤虛，男兒墮地稱姝，女弱雖存若無，骨肉至親更疏，奉事他人托軀。

君如影兮隨形，賤妾如水浮萍。明月不能常盈，誰能無根保榮？良時冉冉代征。顧（一作綠）繡領兮含輝，皎皎回光側微。朱華忽爾漸衰，影欲捨形高飛，誰言忘恩可追？

薺與麥兮夏零，蘭桂踐霜逾馨，祿命懸天難明。委心結意丹青，何憂君心中傾。

古詩紀曰：「選詩拾遺曰：「此篇髣髴愴惻，如在目前，經緯情感，若探裏曲，宮商曾疊，綺繪斐疊，其言有文焉，其聲有永焉。惜不知何人之詞；非相如枚乘，其誰能爲之？走偃李杜，不能及矣。嗚呼！美矣！盡矣！麗矣！則矣！當爲百世六言之祖也！」」訥按此辭本題曰『董逃行歷九秋篇』。董逃行起於漢末，不得謂爲相如枚乘爲之也。觀其辭體不類二京，當以樂錄爲正』。按董逃行起於先漢，馮氏蓋誤以董逃歌爲董逃行也。然樂錄，（陳釋智匠撰）爲六朝時代叙錄樂府總匯之書，當有所本。且其辭確不類兩漢。玉臺新詠以前十首屬梁簡文帝。考十二章有相互關係，必非二人之作，故宜從馮氏據樂錄斷爲傅玄一人之作。詞采平庸，選詩拾遺稱贊不遺餘力，倘有嗜痂之癖歟？

傅玄樂府亦有較富文學趣味者：如艷歌行有女篇，利秋胡行，飲馬長城窟行，怨歌行朝時篇，明月篇……等。今舉艷歌行有女篇（瑟調）：

有女懷芬芳，媞媞步東箱。蛾眉分翠羽，明目發清揚，丹唇翳皓齒，秀色若珪璋。巧笑露歡靨，衆媚不可詳。容儀希世出，無乃古毛嬙？頭安金步搖，耳繫明月璫；珠環約素腕，翠羽垂鮮光；文袍綴藻黼，玉體映羅裳。容顏既已艷，志節擬秋霜，徽音冠青雲，聲響流四方。妙哉英媛德，宜配侯與王。靈應萬世合，日月時相望。媒氏陳束帛，羔羊鳴前堂。百兩盈（一作迎）中路，起若鸞鳳翔。——凡夫徒踊躍，望絕如參商。

八王秉政之時，陸機陸雲，鬱爲文棟。僅以樂府而論，弟實遠遜於兄。

陸機之作，有數十首之多。余頗愛其日出東南隅行，悲哉行兩首。

日出東南隅行（玉臺新詠作豔歌行）：

扶桑升朝暉，照此高臺端。高臺多妖麗，洞房出清顏。淑貌曜皎日，惠心清且閑；美目揚玉澤，蛾眉象翠翰；鮮膚一何潤，秀色若可餐；窈窕多容儀，婉媚巧笑言。暮春春服成，粲粲綺與紈，金雀垂翠翹，瓊珮結瑤璠。方駕揚清塵，濯足洛水瀾。藹藹佳人會，佳人一何繁！南崖充羅幕，北渚盈軿軒。清川含藻景，高岸被華丹。馥馥芳袖揮，泠泠纖指彈。悲歌吐清音，雅舞播幽蘭。丹脣含九秋，妍迹陵七盤。赴曲迅若鴻，蹈節如集鸞。綺態隨顏變，沈姿無定源。俯仰紛阿那，顧步咸可歎。遺芳結飛飆，浮景映清湍。冶容不足詠，春遊良可歎。

悲哉行（雜曲）：

遊客芳春林，春芳傷客心。和風飛清響，鮮雲垂薄陰。蕙草饒淑氣，時鳥多好音。翩翩鳴鳩羽，喈喈倉庚音。幽蘭盈通谷，長秀（一作莠）被高岑。女蘿亦有託，蔓葛亦有尋。傷哉客遊士，憂思一何深！目感隨氣草，耳悲詠時禽。寤寐多遠念，緬然若飛沈。願託歸風響，寄言遺所欽。

陸雲雖稱齊名乃兄，而夷考其實，於詩尚「如陳思之匹白馬」，樂府更一首不見，直無比擬之資格。此外能樂府者，石崇頗有佳什。以余私見，王明君辭，蓋其壓卷之篇矣。

我本漢家子，將適單于庭。辭訣未及終，前驅已抗旌。僕御涕流離，轅馬為悲鳴；哀鬱傷五內，泣淚沾朱纓。行行日已遠，乃造匈奴城。延我於穹廬，加我閼氏名。殊類非所安，雖貴非所榮。父子見凌辱，對之慙且驚。殺身良未易，默默以苟生。苟生亦何聊，積思常憤盈。願假飛鴻翼，乘之以遐征。飛鴻不我顧，佇立以屏營。昔為匣中玉，今為糞上英。朝華不足歡，甘與秋草并。——傳語後世人，遠嫁難為情。

三　魏晉樂府源流變遷表

魏晉為樂府之摹仿時期，作者率皆文人學士，無平民。其變遷源流，亦可分形式，內容兩方面，製為簡表：

(一)形式方面
- (1)篇幅逐漸增長
- (2)五言大盛
- (3)恢復四言體
- (4)創作七言體

(1)魏代作品，多含極濃厚之頹喪的人生觀。

(二)內容方面

(2)晉代作品，多綺麗，淫靡，沈迷，無聊之音。

原因：以魏晉時代，政治，經濟，社會，皆震蕩不安，人心惶惑，始而頹喪無聊，繼而恣情縱慾，故表現之文學，亦隨之有此種現象。

第四章　南北朝樂府

一　南朝

（一）平民創作樂府　樂府至南北朝，又產生大批創作品，作者多爲不知名之平民。產生於南朝者，後世多歸入所謂「清商曲辭」。樂府詩集曰：「清商樂，一曰清樂。清樂者，九代之遺聲，其始即相和三調是也，並漢魏以來舊曲。其辭皆古調及魏三祖所作。自晉朝播遷，其音分散。苻堅滅涼得之，傳於前後二秦。宋武定關中，因而入南，不復存於內地。……後魏孝文討淮漢，宣武定壽春，收其聲伎，得江左所傳中原舊曲，明君，聖主，公莫，白鳩之屬，及江南吳歌，荊楚西聲，總謂之清商樂。」明君，聖主，公莫，白鳩，皆應制而作之舞曲歌辭，無文學價值，今不述。吳歌，西聲外，尙有神弦歌，江南弄，上雲樂三種，分別論列於下：

（a）吳歌　樂府詩集言「吳歌，並出江南，東晉以來，稍有增廣。其始皆徒歌，既而被之管絃。蓋自永嘉（懷帝）渡江之後，下及梁陳，咸都建業，吳聲歌曲，起於此也。古今樂錄曰：「……吳聲十曲，一曰子夜，二曰上柱，三曰鳳將雛，四曰上聲，五曰歡聞，六曰歡聞變，七曰前溪，八曰阿子，九曰丁督護，十曰團扇。」……又有七日夜女歌，長史變，黃鵠，碧玉，桃葉，長樂佳，歡好，懊惱，讀曲，亦皆吳聲歌曲也。』然稽之各書，吳聲歌曲尚不止此；惟上柱，鳳將雛不載，蓋久佚矣。

今按郭氏以清商並漢魏之遺，又以吳歌隸屬清商，則吳歌亦漢魏之遺。然考漢魏歌，無吳歌之目。按名思義，當起孫吳時；而孫吳之歌，亦不載此。考樂府詩集六十四有陸機吳趨行，辭曰：

楚妃且勿歎，齊娥且莫謳；四坐並清聽，聽我歌吳趨。吳趨自有始，請從閶門起。閶門何峨峨？飛閣跨通波，重欒承游極，同軒啓曲阿。藹藹慶雲被，藹藹祥風過。山澤多藏育，土風清且嘉。泰伯導仁風，仲雍揚其波；穆穆延陵子，灼灼光諸華。王迹隤陽九，帝功興四遐。大皇自富春，矯手（一作首）頓世羅。邦彥應運興，粲若春林葩。屬城咸有士，吳邑最爲多。八族未足侈，四姓實名家。文德熙淳懿，武功侔山河。禮讓何濟濟？流化自滂沱。——淑美難爲紀，商榷爲此歌。

又有無名氏作者一首：

羃滿蓋重簾，唯有遠相思，藕葉清朝釧，何見早歸（一作還）時？

又有梁元帝作者一首：

水裏生蔥翅，池心恒欲飛。蓮花逐牀返，何時乘艑歸？

崔豹古今注曰：「吳趨曲，吳人以歌其地也。」崔豹，陸機，皆晉初年人。豹謂「吳人以歌其地，」則吳趨之興，似在三國孫吳時矣。雖樂府詩集置此於雜曲，不列入清商吳歌，然吳歌似與此不無關係？陸機一首，篇幅甚長，不類吳歌之多五言四句；無名氏及梁元帝二首，則與吳歌酷肖也。今將吳歌存者，分別論述於下：

（1）子夜歌　唐書樂志曰：「子夜歌者，晉曲也；晉有女子名子夜造此聲，聲過哀苦。」宋書樂志曰：「晉孝武太元中（三七六——三九六），瑯琊王軻之家，有鬼歌子夜。殷允爲豫章，豫章僑人庾僧虔家亦有鬼歌子夜。殷允爲豫章，亦是太元中，則子夜是此詩以前人也。」按樂府歌辭，多附以有趣味之故事，以文學眼光視之，率婉媚可愛；以史學眼光視之，則茫如捕風，未可依據。故鬼歌子夜，自爲子虛烏有，不必深究，而子夜歌之產生，則約在東晉矣。

樂府詩集載子夜歌四十二首，子夜四時歌七十五首，皆題晉宋齊辭，皆靡曼秀美之戀歌，讀之令人陶醉，令人消魂。擇余最愛者錄之：

宿昔不梳頭，絲髮被兩肩，婉伸郎膝上，何處不可憐？

朝思出前門，莫思還後渚，語笑向誰道，腹中陰憶汝。

攬枕北窗臥，郎來就儂嬉。小喜多唐突，相憐能幾時？

綠攬迮題錦，雙裙今復開，已許腰下帶，誰共解羅衣？

攬裙未結帶，約眉出前窗，羅裳易飄颺，小開罵春風。

夜覺百思纏，憂歎涕流襟，徒懷傾筐情，郎誰明儂心？

夜長不得眠，轉側聽更鼓，無故歡相逢，使儂肝腸苦？

歡從何處來？端然有憂色，三喚不一應，有何比松柏？

氣清明月朗，夜與君共嬉；郎歌妙意曲，儂亦吐芳詞。

驚風急素柯，白日漸微濛；郎懷幽閨性，儂亦恃春容。

夜長不得眠，明月何灼灼？想聞歡喚聲，虛應空中諾。

恃愛如欲進，含羞未肯前；口朱發豔歌，玉指弄嬌絃。

以上子夜歌

光風流月初，新林錦花舒；情人戲春月，窈窕曳羅裙。

朱光照綠苑，丹華粲羅星，那能閨中繡，獨無懷春情。

鮮雲媚朱景，芳風散林花。佳人步春苑，繡帶飛紛葩。

春林花多媚，春鳥意多哀，春風復多情，吹我羅裳開。

梅花落已盡，柳花隨風散。歎我當春年，無人相要喚！

思見春花月，含笑當道路；逢儂多欲擿，可憐持自誤！

以上子夜春歌

高堂不作壁，招取四面風，吹散羅裳開，動儂含笑容。
反覆華簟上，屏帳了不施，郎君未可前，待我整容儀。
暑盛靜無風，夏雲薄暮起：攜手密葉下，浮瓜沈朱李。
情知三夏熱，今日偏獨甚，香巾拂玉席，共郎登樓寢。

以上子夜夏歌

清露凝如玉，涼風中夜發。情人不還臥，冶遊步明月。
秋夜涼風起，天高星月明。蘭房競妝飾，綺帳待雙情。
涼秋開窗寢，斜月垂光照。中宵無人語，羅幌有雙笑。

以上子夜秋歌

塗澀無人行，冒寒往相覓。若不信儂時，但看雪上跡。
寒鳥依高樹，枯林鳴悲風。爲歡顦顇盡，那得好顏容？
炭爐却夜寒，重抱坐疊褥，與郎共華榻，弦歌秉蘭燭。

朔風飄霰雨，綠池蓮水結，願歡攘皓腕，共弄初落雪！

以上子夜冬歌

吳兢樂府古題要解於子夜歌下曰：『後人更爲四時行樂之詞，謂之子夜四時歌。又有大子夜歌，子夜驚歌，子夜變歌，皆曲之變也。』吳氏之言，良然，自子夜四時歌下，皆子夜歌所孳乳者也。大子夜歌有二首：

歌謠數百種，子夜最可憐，慷慨吐清音，明轉出天然。

絲竹發歌響，假器揚清音。不知歌謠妙，聲勢出由心。

據第一首知子夜初爲歌謠，純爲平民文學。據第二首知後來佐以絲竹，變爲樂府。故今茲不於歌謠篇述之，於此述之。

子夜驚歌，樂府詩集古詩紀皆載兩首，然第二首『恃愛如欲進』，並見子夜歌。第一首曰：

鏤椀傳綠酒，雕鑪薰紫煙。誰知苦寒調，共作白雪弦。

子夜變歌共三首，茲錄第一首：

人傳歡負情，我自未常見；三更開門去，始知子夜變。

四時歌中尙有梁武帝七首，今錄春歌一首：

蘭葉始滿地，梅花已落枝；持此可憐意，摘以寄心知。

又有梁王金珠八首，亦錄一首：

階上香入懷，庭中花照眼。春心鬱如此，情來不可眠。

（2）上聲歌　古今樂錄曰：『上聲歌者，此因上聲促柱得名。』（樂府詩集引）樂府詩集著八首，今錄二首：

郎作上聲曲，柱促使弦哀。譬如秋風急，觸遇傷儂懷。

初歌子夜曲，改調促鳴箏。四座暫寂靜，聽我歌上聲。

（3）歡聞歌　古今樂錄曰：『歡聞歌者，晉穆帝升平（三五七——三六一）初歌，畢輒呼「歡聞不」，以爲送聲，後因此爲曲名。』（樂府詩集引）樂府詩集僅著一首：

遙遙天無柱，流漂萍無根，單身如螢火，持底報郎恩？

又載歡聞變歌六首。引古今樂錄曰：『歡聞變歌者，晉穆帝升平中，童子輩忽歌於道曰阿子聞，曲終輒云「阿子汝聞不？」無幾而穆帝崩，褚太后哭阿子汝聞不？聲既悽苦，因以名之。今錄一首：

張罾不得魚，不櫓罾空歸。君非鸕鷀鳥，底爲守空池？

按歡聞變者，蓋歡聞曲之變，亦猶子夜變爲子夜之變也。子夜變既附於子夜，不別爲一類，歡聞變亦應附於歡聞，不別爲一類。古今樂錄折爲二類，誤矣。

(4)前溪歌　宋書樂志『前溪歌者，晉車騎將軍沈玩所制。』樂府詩集著七首，今錄三首：

憂思出門倚，逢郎前溪度，莫作流水心，引新都捨故！

黃葛結蒙籠，生在洛溪邊，花落逐水去，何當順流還？——還亦不復鮮！

黃葛生爛熳，誰能斷葛根？寧斷嬌兒乳，不斷郎殷勤。

(5)阿子聲　樂府詩集曰：『宋書樂志曰：「阿子歌者，亦因升平初歌云，「阿子汝聞不」，後人演其聲爲阿子，歡聞二曲。」樂苑曰：「嘉興人養鴨兒，鴨兒既死，因有此歌。」未知孰是。」詞共三首，今錄一首：

阿子復阿子，念汝好顏容；風流世希有，窈窕無人雙。

(6)丁督護歌　樂府詩集曰：「一曰阿督護。」宋書樂志曰：「督護歌者，彭城內史徐逵之爲魯軌所殺，宋高祖使府內直督護丁旿收斂葬埋之。逵之妻，高祖長女也，呼旿至閤下自問殮送之事。每問輒歎息曰，「丁督護！」其聲哀切。後人因其聲，廣其曲焉。」唐書樂志曰：「丁督護，晉宋間曲也，今歌是宋武帝所製云。」樂府詩集載五首，今錄一首：

聞歡去北征，相送直瀆浦；只有淚可出，無復情可吐。

又有梁王金珠一首，不佳。

(7)團扇郎　古今樂錄曰：「團扇郎者，晉中書令王珉捉白團扇與嫂婢謝芳姿有愛，情好甚篤。嫂捶撻婢過苦，王東亭聞而止之。芳姿素善歌，嫂令歌一曲當赦之。應聲歌曰：「白團扇，辛苦五（疑爲互之誤）流連，是郎眼所見。」珉聞，更問之，汝歌何遺？芳姿即改云：「白團扇，顦顇非昔容，羞與郎相見。」後人因而歌之。」共八首，今錄二首：

青青林中竹，可作白團扇；動搖郎玉手，因風托方便。

團扇復團扇，持許自遮面。憔悴無復理，羞與郎相見。

玉臺新詠以後一首爲桃葉作。案桃葉爲王子敬妾，此歌明以團扇興起，其非子敬妾作無疑。

(8)七日夜女歌　樂府詩集著九首，今錄一首：

長河起秋雲，漢渚風涼發。含欣出霄路，可嘆向明月。

(9)長史變歌　宋書樂志曰：「長史變歌者，晉司徒左長史王廞臨敗所制也。」樂府詩集著三首，今錄一首：

口和狂風扇，心故情白節，朱門前世榮，千載表忠烈。

(10)黃鵠曲　樂府詩集曰：「按黃鵠本漢鼓吹曲名。」按漢鼓吹曲無黃鵠之名，雉子班有「黃鵠蜚之以重」之言，臨高臺亦有「黃鵠高飛雉哉翻」

之句，但與此均無關係。南朝此等樂歌，多創作，依舊譜製詞者甚少，此亦當爲新曲，非本於漢也，郭氏之言誤。共四首，今錄一首：

黃鵠參天飛，半道鬱徘徊。腹中車輪轉，君別思憶誰？

(11)碧玉歌　此歌作者，其說不一。樂府詩集引樂苑曰：「碧玉歌者，宋汝南王所作也。碧玉，汝南王妾名，以寵愛之甚，所以歌之。」古詩紀晉卷之十二載情人碧玉歌二首，言「碧玉歌一名千金意，晉孫綽所作。」其詞爲：

碧玉小家女，不敢攀貴德，感郎千金意，慙無傾城色。

碧玉破瓜時，郎爲情顚倒，感君不羞赧，廻身就郎抱。

又於宋卷之十一載碧玉歌前後五首，將樂苑之言，完全錄下。前三首爲：

碧玉破瓜時，郎爲情顚倒。芙蓉陵霜榮，秋容故尚好。

碧玉小家女，不敢攀貴德，感郎千金意，慙無傾城色。

碧玉小家女，不敢攀貴德，感郎意氣重，遂得結金蘭。

而於第二首下注云：『玉臺作孫綽。』後二首爲：

碧玉破瓜時，相爲情顛倒，感郎不羞郎，迴身就郎抱。

杏梁日始照，蕙席歡未極。碧玉奉金杯，淥酒助花色。

第一首注云：『玉臺作孫綽。』第二首注云：『玉臺作梁武帝。』樂府詩集亦如此排列，先列碧玉歌三首，接列同前二首，惟皆歸之宋汝南王。按玉臺編著較早，宜以玉臺爲據。樂府歌辭每附以有趣味之故事，非皆爲事實，汝南王未必有名碧玉之妾，即有之，亦未必不爲巧合，由是好事者，遂附會此歌耳。

(12)桃葉歌　玉臺新詠作情人歌。古今樂錄曰：『桃葉歌者，晉王子敬之所作也。桃葉，子敬妾名，緣於篤愛，所以歌之。』（樂府詩集引）隋書五行志，亦載陳時江南盛歌王獻之桃葉詞云：

桃葉復桃葉，渡江不用檝。但度無所苦，我自迎接汝。

樂府詩集著四首，此首即其一也。餘三首，錄一首：

桃葉復桃葉，桃葉連桃根。相憐兩樂事，獨使我殷勤！

(13)長樂佳 樂府詩集古詩紀，皆著八首，今錄三首：

比翼交頸遊，千載不相離，偕情欣歡念，長樂佳。

欲知長樂佳，中陵羅雎鳩，美死兩心齊。

紅羅複斗帳，四角垂珠璫，玉枕龍鬚席，郎眠何處牀？

(14)歡好曲 樂府詩集古詩紀皆著三首，今錄二首：

淑女總角時，喚作小姑子，容豔初春花，人見誰不愛？

窈窕上頭歡，那得及破瓜？但看脫葉蓮，何如芙蓉花？

(15)懊儂歌 古今樂錄曰：『懊儂歌者，晉石崇綠珠所作，唯「絲布澀難縫」一曲而已，後皆隆安初民間訛謠之曲。』（樂府詩集引）按隆安爲晉安帝初元（三九七——四〇二）。樂府詩集共著十四首，皆男女戀歌。晉書五行志中尙載一首，詞曰：『草生可攬結，女兒可攬擷。』樂府不收，故已於歌謠篇述之。綠珠一首，爲：

綈布澀難縫，令儂十指穿。黃牛細犢車，遊戲出孟津。

餘十三首中，余最好吟誦者六首：

寡婦哭城頹，此情非虛假。相樂不相得，抱恨黃泉下。

我與歡相憐，約誓底言者？常歎負情人，郎今果成詐！

我有一所歡，安在深閤裏。桐樹不結花，何由得梧子？

月落天欲曙，能得幾時眠？悽悽下牀去，儂病不能言！

髮亂誰料理？託儂言相思。還君華豔去，催還實情來。

懊惱奈何許？夜聞家中論，不得儂與汝。

(16)讀曲歌　樂府詩集曰：「宋書樂志曰：「讀曲歌者，民間爲彭城王義康所作也。其歌云：死罪劉領軍，誤殺劉第四，是也。」古今樂錄曰：「讀曲歌者，元嘉十七年，袁后崩，百官不敢作聲歌，或因酒讌，止竊聲讀曲細吟而已。以此爲名。」」按義康被徙亦是十七年。」按元嘉爲宋元帝元號，十七年當西曆四百四十年。「死罪劉領軍」云云，雖亦名讀曲歌，然與此絕不相類，倘命名偶同，或此因仍彼調耶？共八十九首，今錄十二首：

思歡久，不愛獨枝蓮，只惜同心藕。

奈何不可言？朝看莫牛跡，知是宿蹄痕。

柳樹得春風，一低復一昂。誰能空相憶，獨眠度三陽？

折楊柳，百鳥園林啼，道歡不離口。

坐起歎汝好，願他甘叢香，傾筐入懷抱。

逋髮不可料，顦顇為誰睹？欲知相憶時，但看裙帶緩幾許。

芳萱初生時，知是無憂草。雙眉畫未成，那能就郎抱？

聞歡得新儂，四支懊如垂；鳥散放行路，井中百翅不能飛。

憐歡敢喚名，念歡不呼字；連喚歡復歡，兩誓不相棄。

入莫過藩來，向曉開門去；歡取身上衣，不為儂作慮。

詐我不出門，冥就他儂宿。鹿轉方相頭，丁倒欺人目。

打殺長鳴雞，彈去烏臼鳥！願得連冥不復曙，一年都一曉！

（17）黃生曲　樂府詩集共三首，今錄一首：

黃生無誠信，冥彊將儂欺，通夕出門望，至曉竟不來。

（18）華山畿　古今樂錄曰：「華山畿者，宋少帝時，懊惱一曲，亦變曲也。少帝時，南徐一士子從華山畿往雲陽，見客舍有女子，年十八九，悅之，無因，遂感心疾。母問其故，具以啓母。母爲至華山尋訪，見女，具以聞。感之，因脫蔽膝，令母密置其席下臥之，當已。少日果差。忽擧席見蔽膝而抱持，遂吞食而死。氣欲絕，謂母曰：「葬時，車載從華山度。」母從其意。比至女門，牛不肯前，打拍不動。女曰：「且待須臾，妝點沐浴。」既而出，歌曰：「華山畿，君既爲儂死，獨活爲誰施？若見憐時，棺木爲儂開！」棺應聲開。女透入棺，家人叩打，無如之何。乃合葬，呼曰神女冢。」（樂府詩集引）按樂府詩集除女此歌外，尚載十九首，中有一首，發端有「懊惱」二字，當卽宋少帝時之一曲。詞曰：

懊惱不堪止，上牀解要繩，自經屏風裏。

餘十八首，其字句多少，略與此同，與女所歌者絕殊，蓋皆依此首之調，歌男女之情者也。今錄四首：

啼著曙，淚落將枕浮，身，沈被流去。

腹中如湯灌，肝腸寸寸斷，敎儂底聊賴？

奈何許？天下人何限，慊慊只爲汝？

夜相思，風吹窗簾動，言是所歡來。

(19)玉樹後庭花　隋書樂志曰：「陳後主於淸樂中，造黃鸝留及玉樹後庭花，金釵兩鬢垂等曲，與幸臣等製其歌詞，綺豔相高，極於輕蕩，男女唱和，其音甚哀。」南史曰：「後主張貴妃名麗華，與龔孔二貴嬪，王李二美人，張薛二淑媛，袁昭儀，何婕妤，江修容等，竝有寵。又以宮人袁大捨等爲女學士。每引客賓游宴，則使諸貴人女學士，與狎客共賦新詩，采其尤豔麗者以爲曲調，被以新聲，選宮女千數歌之。其曲有玉樹後庭花，臨春樂等。」樂府詩集僅載一首，題爲陳後主。

麗宇芳林對高閣，新妝豔質本傾城。映戶凝嬌乍不進，出帷含態笑相迎。妖姬臉似花含露，玉樹流光照後庭。

南朝樂府新辭，多五言四句，此獨通體七言，且畧似對偶，漸近律體，亦治樂府詩歌流變者所當注意者也。

（二）神弦歌　古今樂錄曰：「神弦歌十一曲：一曰宿阿，二曰道君，三曰聖郎，四曰嬌女，五曰白石郎，六曰青溪小姑，七曰湖就姑，八曰姑恩，九曰採菱童，十曰明下童，十一曰同生。」（樂府詩集引）按樂府詩集，宿阿一曲，道君一曲，聖郎一曲，嬌女二曲，白石郎二曲，青溪小姑一曲，湖就姑二曲，姑恩二曲，採蓮童（即採菱童）二曲，明下童二曲，同生二曲。

今擇錄三曲：

（1）聖郎曲

左亦不佯佯，右亦不翼翼，仙人在郎傍，玉女在郎側。酒無沙糖味，爲他通顏色。

（2）青溪小姑曲　此曲附有燕宛美妙之故事一則，不憚煩瑣，急錄之以餉讀者。吳均續齊諧記曰：

『會稽趙文韶，宋元嘉中，爲東扶侍廨，在青溪中橋，秋夜步月，悵然思歸，乃倚門唱烏飛曲。忽有青衣年可十四五許，詣門曰：「女郎聞歌聲有悅人者，逐月遊戲，故遣相問。」文韶都不之疑，遂邀暫過須臾。女郎至，年可十八九許，容色絕妙。謂文韶曰：「聞君善歌，能爲作一曲否？」文韶即爲歌草生石盤下，聲甚清美。女郎顧青衣取箜篌，鼓之泠泠，似楚曲。又令侍婢歌繁霜，自脫金簪扣箜篌和之。婢乃歌曰：

歌繁霜，繁霜侵曉幕。何意空相守，坐待繁霜落？

留連宴寢。將旦別去，以金簪遺文韶。文韶亦贈以銀盌及瑠璃匕。明日於青溪廟中得之，乃知得所見青溪神女也。』

于寶搜神記曰：「廣陵蔣子文，嘗爲秣陵尉，因擊賊傷而死。吳孫權時，封中都侯，立廟鐘山。」異苑曰：「青溪小姑，蔣侯第三妹也。」其曲曰：

開門白水，側近橋梁。小姑所居，獨處無郎。

(3)採蓮童曲　錄第二首：

東湖扶菰童，西湖採菱芰。不持歌作樂，爲持解愁思。

（三）西曲　卽荆楚西聲。樂府詩集曰：「西曲歌出於荆郢樊鄧之間，而其聲節送和，與吳歌亦異，故(因)其方俗謂之西曲云。」考古今樂錄：「西曲歌有石城樂，烏夜啼，莫愁樂，估客樂，襄陽樂，三洲，襄陽蹋銅蹄，採桑度，江陵樂，青陽度，青驄白馬，共戲樂，女兒子，來羅，那阿灘，孟珠，翳樂，夜度娘，長松標，雙行纏，黃督，黃纓，平西樂，攀楊枝，尋陽樂，白附鳩，拔蒲，壽陽樂，作蠶絲，楊叛兒，西烏夜飛，月節折楊柳歌，三十四曲。」(樂府詩集引)按言三十四曲，而實祇三十三曲。樂府詩集尚有雍州曲一種，倘偶遺耶？

(1)石城樂　唐書樂志曰：「石城樂者，宋臧質所作也。石城在竟陵，質嘗爲竟陵郡，於城上眺矚，見羣少年歌謠通暢，因作此曲。」然樂府詩集載五曲，題爲無名氏，則後人仿質曲而作也。錄一首：

陽春百花生，摘插環髻前。挽指蹋忘愁，相與及盛年。

（2）烏夜啼　唐書樂志曰：「烏夜啼者，宋臨川王義慶所作也。」樂府詩集載無名氏者八首，今錄一首：

可憐烏臼鳥，彊言知天曙，無故三更啼，歡子冒闇去。

又有梁簡文帝一首：

綠草庭中望明月，碧玉堂裏對金鋪。鳴弦撥捩發初異，挑琴欲吹衆曲殊。不疑三足朝含影，直言九子夜相呼。羞言獨眠枕下流，託道單棲城上烏。

又有劉孝綽一首：

鵾弦且輟弄，鶴琴暫停徽，別有啼烏曲，東西相背（一作各自）飛。倡人怨獨守，蕩子遊未歸。忽聞生離曲，長夜泣羅衣。

又有庾信二首：

促柱繁弦非子夜，歌聲舞態異前谿，御史府中何處宿，洛陽城頭那得棲？彈琴蜀郡卓家女，織錦秦川竇氏妻。詎不自驚長淚落，到頭啼烏恒夜啼。

桂樹懸知遠，風竿詎肯低。獨憐明月夜，孤飛猶未棲。虎賁誰能惜，御史詎相攜。雖言入弦管，終是曲中啼。

簡文一首，與庾信第一首，皆畧似七律。孝綽一首，與庾信第二首，皆畧似五律。庾信雖卒於北周，然生於蕭梁。是蕭梁之時，篇什已漸趨律體，視前所引陳後主玉樹後庭花，又早矣。

(3)烏棲曲　樂府詩集載梁簡文帝四首，梁元帝六首，蕭子顯一首，徐陵二首，余最好簡文帝及徐陵者各一首。

織成屏風金屈膝，朱脣玉面燈前出。相看氣息望相憐，誰能含羞不自前？——簡文帝

繡帳羅帷隱燈燭，一夜千年猶未足。唯憎無賴汝南鷄，天河未落猶爭啼？——徐陵

又有陳後主等棲烏曲多首，其格調亦七言四句，前二句爲韻，後二句爲韻，與烏棲曲全同。烏棲，棲烏，一而二，二而一者也，疑初爲一曲。今卽舉陳後主一首：

合歡襦薰百和香，牀中被織兩鴛鴦。烏啼漢沒天應曙，只持懷抱送郎去。

(4)莫愁樂　唐書樂志曰：「莫愁樂者，出於石城樂。石城有女子名莫

愁，善歌謠。石城樂和中復有「忘愁」聲，因有此歌。」樂府詩集祗著二首；

莫愁在何處？莫愁石城西。艇子打兩槳，催送莫愁來。

聞歡下揚州，相送楚山頭；探手抱腰看，江水斷不流。

(5)估客樂　古今樂錄曰：『估客樂者，齊武帝之所製也。帝布衣時，嘗遊樊鄧，登祚以後，追憶往事而作歌，使樂府令劉瑤管絃被之教習，卒遂無成。有人啓釋寶月善解音律，帝使奏之，旬日之中便就諧合。敕歌者常重為感憶之聲，猶行於世。寶月又上兩曲。帝數乘龍舟遊石城，江中放觀，以紅越布為帆，綠絲為帆縴，鍮石為篙足，篙榜者悉著鬱林布，作淡黃袴，列開使江中，衣出五城。殿猶在。』江中放歌之樂，令人神往，南朝固多韻事也。唐樂志曰：『梁改其名為商旅行。』樂府詩集共著六首，一齊武帝作，二寶月作，一陳後主作，二無作者姓名。齊武帝陳後主二首不足觀，寶月二首，嫵媚豔潤，不愧六代佳作：

郎作十里行，儂作九里送；拔儂頭上釵，與郎資路用。

有信數寄書，無信心相憶：莫作瓶落井，一去無消息！

不知作者二首，其第一首極俱妙意。

大艑珂峩頭，何處發揚州？借問艑上郎，『見儂所歡不』？

其所歡愛者，知卽艑上郎也。

(6)襄陽樂　古今樂錄曰：『襄陽樂者，宋隨王誕之所作也。誕始爲襄陽郡，元嘉二十六年，仍爲雍州刺史，夜聞諸女歌謠，因而作之，所以歌和中有『襄陽來夜樂』之語也。……又有大堤曲，亦出於此。簡文帝雍州十曲，有大堤，南湖，北渚等曲。』今按樂府詩集載襄陽樂九曲，倘即誕所作歟？又有梁簡文帝雍州曲三首，正爲大堤，南湖，北渚。樂錄附於襄陽樂，則蓋由襄陽樂而演化以成也。然襄陽樂五言四句，雍州曲五言六句，倘疊半謂歟？襄陽樂錄三首：

江陵三千三，西塞陌中央：但問相隨否？何計道里長！

黃鵠參天飛，中道鬱徘徊。腹中車輪轉，歡今定憐誰！

揚州蒲鍛環，百錢兩三叢，不能買將還，空手攬抱儂！

雍州曲三首，錄北渚一首：

岸陰垂柳葉，平江含蝴蝶。好値城傍人，多逢蕩舟妾。綠水濺長袖，浮苔染輕幃。

（7）三洲歌　古今樂錄曰：『三洲歌者，商客數遊巴陵三江口，往還，因共作此歌。』樂府詩集著無名姓者三首，陳後主一首。陳後主一首比較可觀。

春江聊一望，細草遍長洲。沙汀時起伏，畫舸屢淹留。

（8）襄陽蹋銅蹄　隋書樂志曰：『梁武帝之在雍鎭，有童謠曰：「襄陽白銅蹄，反縛揚州兒。」識者言白銅蹄謂金蹄爲馬也；白，金色也。及義師之興，實以鐵騎，揚州之士皆面縛，果如謠言。故即位之後，更造新聲，帝自爲之詞三曲，又令沈約爲三曲，以被管絃。』今錄武帝二首：

陌頭征人去，閨中女下機，含情不能言，送別沾羅衣。

草樹非一香，花葉百種色。寄語故情人，知我心相憶。

(9)採桑度　樂府詩集曰：「採桑度，一曰採桑。」唐書樂志曰：「採桑因三洲曲而生。」樂府詩集錄不知名作者七首，今錄二首：

冶遊採桑女，盡有芳春色，姿容應春媚，粉黛不加飾。

採桑盛陽月，綠葉何翩翩！攀條上樹表，牽壞紫羅裙。

(10)江陵樂　樂府詩集載四首，不著作者，則亦無名平民之歌也。余頗喜後二首：

陽春二三月，相將蹋百草。逢人駐步看，揚聲皆言好。

暫出後園看，見花多憶子。烏鳥雙雙飛，儂歡今何在？

二首一寫歡聚之樂，一傷離別之苦，並讀之，令人生無限感喟。

(11)青陽度　樂府詩集載三首，皆可歌，錄一首：

青荷蓋綠水，芙蓉披紅鮮；下有並根藕，上生並目蓮。

(12)青驄白馬　樂府詩集載八首，每首七言二句，格調極別致。錄二首問君可憐下都去，何得見君復西歸？

齊唱可憐使人惑，蠢夜懷歡何時忘！

(13)共戲樂　亦七言二句，樂府詩集著四首，余惟愛第三首：

長袖翩翩若鴻驚，纖腰嫋嫋會人情。

(14)安東平　樂府詩集著五首，每首四言四句，在南朝樂府中，亦別具格調。今亦畧舉二首：

微物雖輕，拙手所作；餘有三丈，爲郎作㬹。

制爲輕巾，以奉故人；不持作好，與郎拭塵。

(15)女兒子　樂府詩集著二首，第一首爲：

巴東三峽猿鳴悲，夜鳴三聲淚沾衣。

按此見酈道元水經注引宜都山水記，謂爲漁人之歌。酈道元爲北魏人，宜都山水記不知何人作，然必在酈氏之前，最後亦必不後於酈氏，故余於歌謠編繫於晉代。今樂府又以爲女兒子。蓋樂府不惟采當世歌謠及文人作品，亦採前世歌謠及文人作品，故每一歌入數樂，或勸同古人之詞也。不惟此篇，來羅第二首：

君子防未然，不處嫌疑邊；瓜田不躡履，李下不正冠。

亦純乎割裂漢樂君子行之首四句以成也。

第一首爲：

我欲上蜀，蜀水難，蹋蹀珂頭腹環環。

(16)來羅　樂府詩集著四首，第二首即「君子防未然」。餘三首錄第一首：

鬱金黃花標，下有同心草。——草生日已長，人生日就老。

(17)那呵灘　樂府詩集著六首，余最好第四，五兩首；一問一答，頗癡可愛。

聞歡下揚州，相送江津灣，願得篙櫓折，交郎到頭還！

篙折當更覓，櫓折當更安；各自是官人，那得到頭還？

(18)孟珠　樂府詩集曰：「一曰丹陽孟珠歌。」共十首，擇其最佳者錄三首：

陽春二三月，草與水同色。攀條摘香花，言是歡氣息。

望歡四五年，實情將懊惱，願得無人處，回身與郎抱！

將歡期三更，合冥歡如何？走馬放蒼鷹，飛馳赴郎期。

(19)翳樂　古今樂錄曰：「翳樂一曲，倚歌二曲。」今樂府詩集著一曲，又同前二曲，疑所謂同前二曲，即倚歌二曲。倚歌之製，依古今樂錄「悉用鈴鼓，無弦有吹。」（樂府詩集卷四十九引）翳樂一曲，詞曰：

人生歡愛時，少年新得意，一日不相見，輒作煩冤思。

倚歌二曲，其第二曲爲：

人言揚州樂，揚州信自樂：總角諸少年，歌舞自相逐。

(20)夜黃　祇有一曲，然亦略有可觀。

湖中百種鳥，半雌半是雄。鴛鴦逐野鴨，恐畏不成雙。

通篇比體，本意已可於言外見之。

(21)夜度娘　亦祇一曲：

夜來冒霜雪，晨去履風波；雖得敘微情，奈儂苦身何！

(22)長松標　亦祇一曲：

落落千丈松，晝夜對長風，歲莫霜雪時，寒苦與誰雙！

(23)雙行纏　祇二曲：

朱絲繫腕纏，眞如白雪凝；非但我言好，衆情共所稱。

新羅繡行纏，足趺如春妍；他人不言好，獨我知可憐。

(24)黃督　亦祇二曲，第二首極無味，錄第一首：

喬客他鄉人，三春不得歸；願看楊柳樹，已復藏斑離。

(25)平西樂　祇一曲：

我情與歡情，二情感蒼天，形雖胡越隔，神交中夜間。

(26)攀楊枝　亦祇一曲。樂府詩集引樂苑曰：「攀楊枝，梁時作。」

自從別君來，不復著綾羅，畫眉不注口，施朱當奈何？

（27）尋陽樂　亦祇一曲：

雞亭故儂去，九里新儂還；送一却迎兩，無有暫時間。

（28）白附鳩　祇二曲，並吳均作。古今樂錄曰：「亦曰白浮鳩，本拂舞曲也。」據此知前謂一歌或入數樂爲不誤也。茲錄第一首：

石頭龍尾彎，新亭送客者。沽酒不取錢，郎能飲幾許？

（29）拔蒲　祇二曲，似爲一篇之兩章。

青蒲銜紫茸，長葉復從風。與君同舟去，拔蒲五湖中。

朝發桂蘭渚，晝息桑榆下；與君同拔蒲，竟日不成把。

由「竟日不成把」五字中，知彼等醉翁之意不在酒，特以拔蒲爲題目耳，宛妙之極。

（30）壽陽樂　古今樂錄曰：「壽陽樂者，宋南平穆王爲豫州所作也。……按其歌辭，蓋敍傷別望歸之思。」共九曲，余酣愛者有二首，一：

辭家遠行去。空爲君。明知歲月駛！

眞古人所謂「句句斷，句句轉」也，何等經濟！若以新詩格式書之，其嗚咽宛轉之妙，更易覷得出也。

辭家遠行去。——

空爲君。——

明知歲月駛！

又一首，則頗類小詞，今亦以新詩格式寫下：

夜相思；

望不來！

人樂，——

我獨悲！

(31)作蠶絲　共四曲，余愛二，三兩曲：

春蠶不應老，晝夜常懷絲。何惜微軀盡，纏綿自有時。

績絲初成繭，相思條女密。投身湯水中，貴得共成匹。

前一首以「絲」字雙關「思」字。後一首以布匹之「匹」，雙關匹配之「匹」。

(32)楊叛兒　叛一作伴。唐書樂志曰：『楊伴兒本童謠歌也。齊隆昌時(鬱林王元號，祇一年，當西曆四九四年。)女巫之子曰楊旻，少時隨巫入內，及長，爲何后寵。童謠云：「楊婆兒，共戲來所歡。」語訛遂成楊伴兒。』樂府詩集著無姓名者八曲，梁武帝一曲。採無姓名者二曲：

暫出白門前，楊柳可藏烏。歡作沈水香，儂作博山罏。

落秦中庭生，祇知非好草。龍頭相鉤連，見枝如欲繞。

按前一首，又見讀曲歌，亦一歌入數樂之證也。

(33)西烏夜飛　古今樂錄曰：『西烏夜飛者，宋元徽(廢帝元號)五年(四七七)，荊州刺史沈攸之所作也。攸之舉兵發荊州東下，未敗之前，思歸京師，所以歌和云：「白日落西山，還去來。」送聲云：「折翅烏，飛何處？被彈歸。」』按樂府詩集載五曲，無此歌，則非攸之所作者矣。其詞皆極委宛纏綿之至，姑錄三首：

日從東方出，團團雞子黃。夫婦恩情重，憐歡故在傍。

陽春二三月，諸花盡芳盛。持底喚歡來？花笑鶯歌詠。

感郎崎嶇情，不復自顧慮；臂繩雙入結，遂成同心去。

(34)月節折楊柳歌　此歌按十二月每月一歌，又有閏月一歌。似為後世十二月等歌之祖也。茲選錄四首：

正月歌

春風尚蕭條，去故來入新，苦心非一朝。——折楊柳，愁思滿腹中，歷亂不可數！

五月歌

菰生四五尺，素身為誰珍？盛年將可惜！——折楊柳，作得九子粽，思想勞歡手。

九月歌

甘菊吐黃花，非無杯觴用，當奈許寒何？——折楊柳，授歡羅衣裳，含笑言『不取』。

十二月歌

天寒歲欲莫，春秋及冬夏，苦心停欲度。——折楊柳，沈亂枕席間，纏綿不覺久。

（四）江南弄　古今樂錄曰：「梁天監十一年冬（五一二），武帝改西曲製江南，上雲樂十四曲。江南弄七曲：一曰江南弄，二曰龍笛曲，三曰採蓮曲，四曰鳳笙曲，五曰採菱曲，六曰遊女曲，七曰朝雲曲。又沈約作四曲：一曰趙瑟曲，二曰秦箏曲，三曰陽春曲，四曰朝雲曲，亦謂之江南弄云。」據此，江南弄，上雲樂，皆導源於西曲也。今按梁武帝江南弄七曲，俱存於樂府詩集古詩紀等書，選錄二首：

江南弄

衆花雜色滿山林，舒芳耀綠垂輕陰，連手蹀躞舞春心。——舞春心，臨歲腴，中人望，獨踟躕。

採菱曲

江南稚女珠腕繩，金翠搖首紅顏興，桂棹容與歌采菱。——歌采菱，心未怡，翳羅袖，望所思。

沈約四首，亦選錄一首：

陽春曲

楊柳垂地燕差池，緘情忍思落容儀，弦傷曲怨心自知。——心自知，人不見，動羅裙，拂珠殿。

又有昭明太子三首，亦錄一首：

採蓮曲

桂楫蘭橈浮碧水，江花玉面兩相似，蓮疏藕折香風起。——香風起，白日低，採蓮曲，使君迷。

此外尚有六代採蓮曲，採菱歌，採菱曲多篇，其格式與此迥異，想非仍襲一譜。但今乃述其歌詞，非論其樂譜，故調之同否不計，而歌詞則不能畧也。故亦附舉數首：

梁元帝採蓮曲：

碧玉小家女，來嫁江南王。蓮花亂顏色，荷葉雜衣香。因持薦君子，願襲芙蓉裳。

鮑照採菱歌七首之第三首：

睽闊逢暄新，悽怨值妍華。秋心殊不那，（一作秋心不可蕩）春思亂如麻。

(五)上雲樂　古今樂錄曰：「上雲樂七曲，梁武帝製以代西曲：一曰鳳臺曲，二曰桐柏曲，三曰方丈曲，四曰方諸曲，五曰玉龜曲，六曰金丹曲，七曰金陵。」按七曲亦存於樂府詩集古詩紀等書，但率皆呆板無生氣。考其詞意，似爲祭神求仙之樂。在媚秀纖麗，兒女靡靡之六代歌曲中，突出此無靈性之死文學，亦可謂雞立軒鶴羣矣。略舉一首，藉以見梁武帝之長於文學，尤不能工，則郊天，祠廟，祭神，求仙之文，可稱爲有韻歌訣，毫無文學價值可知矣。

方丈曲

方丈上，崚層雲。挹八玉，御三雲。金書發幽會，碧簡吐玄門。至道虛凝，冥然共所遵。

✿　✿　✿

民歌童謠之中，——尤以戀歌爲最，每以同音之字，作「雙關之用，於歌謠編（清代歌謠）已論之矣。南朝樂府，其初本多為歌謠，故亦時有此種歌詞。前所引之作蠶絲，以「絲」表「思」，以布匹之「匹」表匹配之「匹」，即屬此類。以外各種樂歌，亦屢屢見之。茲分別選舉於下：

子夜歌

見娘喜容顏，願得結金蘭。空織無經緯，求匹理自難。

前絲斷纏綿，意欲結交情。春蠶易感化，絲子已復生。

高山種芙蓉，復經黃蘗塢。果得一蓮時，流離嬰辛苦。

寢食不相忘，同坐復同起。玉藕金芙蓉，無稱我蓮子。

子夜夏歌

朝登涼臺上，夕宿蘭池裏，乘月採芙蓉，夜夜得蓮子。

七日夜女歌

婉孌不終夕，一別周年期。桑蠶不作繭，晝夜長懸絲。

懊儂歌

我有一所歡，安在深閤裏，桐樹不結花，何由得梧子？

上樹摘桐花，何悟枝枯燥。迢迢空中落，遂爲梧子道。

種蓮長江邊，藕生黄蘗浦。必得蓮子時，流離經辛苦。

讀曲歌

其他尙多，不備引。大約最普通者，以「絲」雙關「思」，以「蓮」雙關「戀」，以「藕」雙關「偶」，以「梧子」雙關「吾子」，以布匹之「匹」雙關匹配之「匹」。此法不知創自何人，始自何代，然據知六代亦盛行矣，漢魏以前則無有也。

✽　✽　✽

（二）文人仿古樂府　以上所述，皆南朝之創作樂府；以下述南朝之仿效樂府。其創作之樂府，作者多爲不知名之平民，蓄皆情蘊於中，不能不吐之於外，於是用當時極通行之俚曲，將自己極實在之情感，歌詠出來，純爲極自然，極誠實，極不矯揉，極不造作之呼聲。雖間有文人之作，其性質亦與此畧相等。

其仿效之樂府，則與此全異：作者皆爲文人學士，其格調摹仿古昔，其字句力求美麗。雖不能謂全無情感，然大半皆爲作樂府而作樂府，非爲情感需要而作樂府。且限於格調，汩於字句，即有情感，亦難得充分之表現。故其篇幅較創作者爲長，修詞較創作者爲工，而吾人讀創作者，爲之喜，爲之哭，爲之陶醉，爲之銷魂，爲之手舞足蹈，爲之情思纏綿。讀仿效者，則雖不盡味同嚼臘，然亦難得若何感動。王靜安先生人間詞話曰：『文體通行既久，染指遂多，自成習套，豪傑之士亦難於其中自出新意，故遁而作他體，以自解脫。一切文體所以始盛中衰者，皆由於此。故謂文學後不如前，余未敢信；但就一體論，則此說固無以易也。』由此知刻意仿效某人，仿效某體，仿效某派者（無論古人，今人，中人，外人，新體，舊體，新派，舊派。）之可以已也。

竊嘗以爲文學乃人生之呼聲，就內容言，有如何情感，即說如何言語，絲毫不可躲避，絲毫不可虛假。一或躲避，則言不盡致，不能沁人脾肝。一或虛假，則麻木不仁，使讀者生厭。就形式言，宜極端自然，絲毫不可造作。一或造作，則眞氣已喪，眞意已失。情感蓄於中，言詞溢於外，脫口而出，自然流露。歌興之來也，不抑之，歌興之未來也，不迎之。發爲新詩，則寫爲新詩，發爲古詩，則寫爲古詩，發爲詞曲，則寫爲詞曲，發爲既非詞曲，又非古詩，又非新詩，則寫爲既非詞曲，又非古詩，又非新詩之詩。不強詩爲詞，亦不强詞爲詩，不矯揉以就古，亦不矯揉以就今：總之，以『自然』爲宗。故詩歌是『唱』出來者，非『作』出來者；作出來者，決不能爲上等文學。

曰，如此極端自然，又何必讀他人之文，誦他人之詞乎？曰，讀他人之文，誦他人之詞，乃所以陶冶自己之文學興趣，涵養自己之文學技術，非欲其爲東施效顰，邯鄲學步；但顰似西施，步若邯鄲，亦不故意改作，必使不同也。

因比較南朝創作樂府與仿效樂府，旁溢橫出，漫爲妄論，讀者得無謂辭掆枝指乎？『閒話休提，言歸正傳。』南朝仿效樂府，宋代余舉二謝二鮑爲代表：

謝靈運，晉孝武時襲封康樂公，累遷黃門侍郎。及宋受晉禪，降爵爲侯，起爲散騎常侍等官。文帝時稱疾歸，好尋山陟險。會稽太守孟顗表其有異志。帝惜其才，授臨川內史。復爲有司所糾，徙廣州，尋以事詔就廣州棄市。年四十九。有晉書三十六卷，集二十卷。其所作仿古樂府，今存者二十許篇，舉悲哉行：

萋萋春草生，王孫遊有情。差池鷰始飛，夭裊桃（一作柳）始榮。灼灼桃悅色，飛飛鷰弄聲。檐上雲結陰，澗下風吹清。幽樹始改觀，終始在初生。松蔦歡蔓延，樛葛欣藟榮。眇然遊宦子，晤言時未并。鼻感改朔氣，眼（一作心）傷變節榮。侘傺豈徒然，澶漫絕音形。風來不可託，鳥去豈爲聽？

謝惠連，史載十歲能屬文。文帝元嘉元年（四二五），爲彭城王法曹參軍。年三十七卒。有集六卷。所爲擬古樂府，有四言者，五言者，七言者，又有雜言者。今舉雜言者一首，——鞠歌行：

翔馳騎，千里姿，伯樂不舉誰能知？南荆璧，萬金貲，卞和不斵與石離。年難留，時易隕，厲志莫賞徒勞疲。沮齊音，溺趙吹，匠石善運郢不危。古綿眇，理參差，單心慷慨雙淚垂。

此首格調，與荀子成相篇相似，今盛行之鼓兒詞幾全爲此體也。

鮑昭，宋書作照，字明遠。世祖時，爲中書舍人。臨海王子頊爲荆州，以爲前軍參軍。子頊敗，爲亂軍所殺。陳振孫直齋書錄解題謂唐人避武后諱，改爲昭。史稱文詞贍逸，尤長於樂府。其樂府存於今者數十篇，可謂多矣。余愛其擬行路難十八首，（樂府詩集作十九首）茲舉其第一，第三兩首：

奉君金卮之美酒，瑇瑁玉匣之彫琴，七采芙蓉之羽帳，九華蒲萄之錦衾。紅顏零落歲將暮，寒花宛轉時欲沈。願君裁悲且減思，聽我抵節行路吟！不見柏梁銅雀上，寧聞古時清吹音？

璿閨玉墀上椒閣，文窗繡戶垂綺幕。中有一人字金蘭，被服纖羅蘊芳藿。春燕差池風散梅，開帷對影弄禽爵。含歌攬淚不能言，人生幾時得爲樂！寧作野中之雙鳧，不願雲中之別鶴。

慷慨蒼涼，在六代綺靡纖麗之中，能別樹一幟，亦豪傑之士也。此等歌，蓋爲李杜所取法，故李杜歌行，多與此相肖。杜之稱李，言『俊逸鮑參軍』，可知李似參軍，杜氏已有定論；而杜氏之景仰參軍，亦可見之矣。

鮑昭有妹曰令暉。據小名錄，令暉乃其字，名未聞。言：「有才思，亞於明遠，著香茗賦集行世。」詩品言：「令暉歌詩，往往嶄絕清巧，擬古尤勝，唯百願淫矣。昭嘗答孝武云：『臣妹才自亞於左芬，臣才不及太冲爾。』」所謂擬古者，即擬古樂府，今存者纔數首。余頗喜其擬青青河畔草：

裊裊臨窗竹，藹藹垂門桐。灼灼青軒女，泠泠高堂中。明志逸秋霜，玉顏掩春榮。人生誰不別，恨君早從戎。鳴絃慚夜月，紺帶羞春風。

齊代余舉二人爲代表，曰王融，謝朓。

據南齊書，王融字元長，少警慧，博涉多通。仕武帝，鬱林王即位，下獄賜死。年纔二十七。詩品稱其「詞美英淨。」行世有集十卷，其中多樂府歌詞。今舉有所思：

> 如何有所思，而無所見時？宿昔夢顏色，階庭尋履綦。高張更何似？引滿終自持。欲知憂能老，爲視鏡中絲。

謝朓，字玄暉。解褐豫章王行參軍，稍遷至吏部尚書郎。東昏侯永元初，江祏謀立始安王遙光，引以爲黨，不從，收下獄死。今有集十二卷，逸集一卷。其中樂府亦有數十首，舉蒲生篇：

> 蒲生廣湖邊，託身洪波側。春露惠我澤，秋霜縟我色。根葉從風波，常恐不永植。攝生各有命，豈云智與力。安得遊雲上，與爾同羽翼。

梁武帝，簡文帝，元帝，累世右文，崇尚詩詞，與曹魏三祖，後先映耀。昭明太子，建文選樓，接引才俊，比之許都洛下，毫無媿色。故蕭梁一代比較可述。余舉三祖及沈約，庾肩吾，吳均爲代表。

武帝名衍，字叔達，小字練兒。雖親萬機，不廢吟詠。史載所著書極多，文學一類，有集三十二卷，詩賦集二十卷，淨業賦三卷，雜文集九卷，別集目錄二卷。其仿古樂府，舉有所思：

誰言生離久，適意與君別？（丁福保謂意當作憶）衣上芳猶生，握裡書未滅。腰中雙綺帶，夢為同心結。常恐所思露，瑤華未忍折。

簡文帝，武帝第三子，史稱其辭藻豔發，然文傷輕靡。著書甚多，有集八十五卷。其樂府舉櫂歌行：

妾家住湘川，菱歌本自便。風生解刺浪，水深能捉船。葉亂由牽荇，絲飄為折蓮。濺妝疑薄汗，沾衣似故湔。浣紗流暫濁，汰錦色還鮮。參同趙飛燕，借問李延年。從來入弦管，誰在櫂歌前？

元帝，武帝第七子，有集五十二卷，小集十卷。所為詩歌，比簡文帝更為輕靡。擬古樂府今舉關山月（一作傷別離）：

朝望清波道，夜上白登臺。月中有桂樹，流影自徘徊。寒沙逐風起，春花犯雪開。夜長無與晤，衣單誰為裁！

沈約仿古樂府，今存者不下數十首。南朝古樂府，無病呻吟，千篇一律，上者如石刻美人，形體雖麗，神態則無，讀之毫無情感。故愈多愈覺可厭。沈約繼周顒之緒，究切四聲，又多一層枷鎖，故其刻畫更工，其精神更無，今擇較佳者錄一首：

洛陽大道中，佳麗實無比。燕裾傍日開，趙帶隨風靡。領上蒲萄繡，腰中合歡綺。——佳人殊未來，薄暮空徙倚。

庾肩吾，字子慎。初簡文帝在藩，雅好文士，肩吾亦預其選。簡文即位，肩吾爲度支尙書。有集十卷。其仿古樂府，舉賦得有所思：

佳期竟不歸，春日坐芳菲。拂匣看離鏡，開箱見別衣。井梧生未合，宮槐卷復稀。不及銜泥燕，從來相逐飛。

吳均，亦作吳筠，字叔庠。所爲擬古樂府，究極綺靡，後進摹仿，成爲風氣，謂之吳均體。惟所爲行路難五首，尙比較有生氣，今舉其第三首：

君不見西陵田，從橫十字成陌阡！君不見東郊道，荒涼蕪沒起寒煙！盡是昔日帝王處，歇妓舞女達天曙。今日翩妍少年子，不知華盛落前去。吐心吐氣許他人，今日廻惑生猶豫。

山中桂樹自有枝，心中方寸自相知。何言歲月忽若馳，君之情意與我離！還君玳瑁金雀釵，不忍見此使心危。

第一首：

陳代余舉二人爲代表，曰陳後主及其臣江總。後主荒於酒色，姿情翰墨，有集三十九卷。擬古樂府，舉有所思三首之第一首：

蕩子好蘭期，留人獨自思。落花同淚臉，初月似愁眉。階前看草蔓，牕中對網絲。不言千里別，復是三春時。

江總，字總持。史言後主時，歷仕尚書令，不持政務，但日與後主隨宴後庭，多爲豔詩。斯亦可謂難君難臣矣。其樂府余舉病婦行：

窈窕懷貞室，風流挾琴婦。唯將角枕臥，自影啼妝久。羞開翡翠帷，嬾對蒲萄酒。深悲在縑素，託意忘箕帚。夫婿府中趨，誰能大垂手？

南朝之仿古樂府，視此亦可畧見一斑矣。仿效之作，品類萬殊，大別有二：

一，雖爲仿效，而能推陳出新；二，句摹字擬，完全因襲。前者尙稍有價值，後者能徒詞費耳。今所舉南朝之仿古樂府，皆屬前者。其屬於後者，當然極多，以無價值，故不採。如長安有狹斜行，古辭一首，後世摹擬者，有陸機一首，謝惠連一首，荀昶一首，梁武帝一首，梁簡文帝一首，沈約一首，庾肩吾一首，王冏一首，徐防一首，張正見一首，王褒一首，共十二首。皆言某地有歧路，或有曲陌，通逵，如何二人相遇，如何問家居何處，如何言家中境況，字句小有變更，格律意境，則全然相同。再如三婦豔詩有劉鑠，王融，昭明太子，沈約，王筠，吳均，劉孝綽，張正見，董思恭，王紹宗各一首，又有陳後主一人所作者十一首，共二十一首。皆言大婦如何，中婦如何，小婦如何。在作者容自以爲得意，而今視之，只有痲木不堪，望而生厭耳。斯摹擬文學之下下者，而六代文人則爭先恐後以效之，後世遂臭之夫，亦據此謂六代爲文學全盛時期，吁可歎也！

（三）附木蘭詩作於唐代考　六代樂府，其眞僞問題，不若兩漢之糾紛。惟有人人稱誦，婦孺皆知之木蘭詩，舊以爲梁人作，而實唐人作，不可以不辯。今先將詞錄下：

唧唧復唧唧，木蘭當戶織。不聞機杼聲，惟聞女歎息。問女何所思？問女何所憶？『女亦無所思，女亦無所憶。昨夜見軍帖，可汗大點兵；軍書十二卷，卷卷有耶名。阿耶無大兒，木蘭無長兄，願爲市鞍馬，從此替耶征。』

東市買駿馬，西市買鞍韉，南市買轡頭，北市買長鞭。旦辭耶孃去，暮宿黃河邊；不聞耶孃喚女聲，但聞黃河流水聲濺濺。旦辭黃河去，暮宿黑山頭；不聞耶孃喚女聲，但聞燕山胡騎聲啾啾。

萬里赴戎機，關山度若飛。朔氣傳金柝，寒光照鐵衣。將軍百戰死，壯士十年歸。

歸來見天子，天子坐明堂，策勳十二轉，賞賜百千强。可汗問所願？『木蘭不用尙書郎；願借明駝千里足，送兒還故鄉。』

耶孃聞女來，出郭相扶將。阿姊聞妹來，當戶理紅妝。小弟聞姊來，磨刀霍霍向猪羊。開我東閣門，坐我西間牀。脫我戰時袍，著我舊時裳。當窗理雲鬢，對鏡貼花黃。出門看火伴，火伴皆驚惶：『同行十二年，不知木蘭是女郎。』

雄兎脚撲朔，雌兎眼迷離；兩兎傍地走，安能辨我是雄雌？

尚有唐韋元甫一首，亦錄下以資比較考辨：

木蘭抱杼嗟，借問復為誰：欲聞所慽慽，感激彊其顏：『老父隸兵籍，氣力日衰耗，豈足萬里行？有子復尚少。胡沙沒馬足，朔氣裂人膚，老父舊羸病，何以彊自扶？』

木蘭代父去，秣馬備戎行。易却紈綺裳，洗却鉛粉妝。馳馬赴軍幕，慷慨攜干將。朝屯雪山下，暮宿青海傍。夜襲燕支虜，更攜于闐羌。將軍得勝歸，士卒還故鄉。

父母見木蘭，喜極成悲傷。木蘭能承父母顏，却御巾鞲理絲簧。昔為烈士雄，今復嬌子容。親戚持酒賀，父母始知生子與男同。

門前舊軍督，十年共崎嶇，本結兄弟交，死戰誓不渝。今也見木蘭，言聲雖是顏貌殊；驚愕不敢前，歎重徒嘻吁。

世有臣子心，能如木蘭節，忠孝兩不渝，千古之名焉可滅！

按樂府詩集統以二曲入梁鼓角橫吹曲，引古今樂錄曰：『木蘭不知名，浙江西道觀察使兼御史中丞韋元甫續附入。』又曰：「歌辭有木蘭一曲，不知起於何代也。」文苑英華則二首並題韋元甫。

據此，木蘭詩始由韋元甫傳出，余疑皆韋氏一人之作，亦猶劉商作胡笳三十六首，以十八首屬蔡琰耳，英華所題固不誤。以英華爲誤者，淸有沈德潛，於所撰古詩源曰：『唐人韋元甫有擬木蘭詩一篇，後人幷以此篇爲韋作，非也。韋係中唐人，杜少陵草堂一篇，後半全用此詩章法矣。斷以梁人作爲允也。』

按以杜草堂詩用此篇章法，始於劉後村，後村詩話曰：『子美草堂詩「大官喜我來」四韻，其體蓋用木蘭詩「耶娘聞我來，出郭相扶將。阿姊聞弟來，當戶理紅妝。小弟聞姊來，磨刀霍霍向猪羊。」』攷杜詩原句爲：「舊犬喜我歸，低徊入衣裾。鄰舍喜我歸，酤酒攜胡盧。大官喜我來，遣騎問所須。城郭喜我來，賓客隘邱墟。」此兩詩章法固然相似，但烏知非此詩作者用杜詩章法，而必謂杜詩用此詩章法？

且詩中「策勳十二轉」，純爲唐時勳官制度。據唐六典：西魏之末，始置柱國，用旌戎秩。後周建德四年，初置上大將軍，上開府，儀同三司，開府儀同三司，上儀同三司，儀同三司，上柱國，柱國之制，以賞勳勞。是後周已開累轉之漸，惟轉授之制未詳，其等級之分別，亦不可曉。至隋開皇初，置上柱國爲從一品，柱國爲正二品，上大將軍從二品，大將軍正三品，上開府儀同三司從三品，開府儀同三司正四品，上儀同三司從四品，儀同三司正五品，大都督正六品，帥都督從六品，都督正七品，總十一等，以酬勤勞。是勳績高下，至隋始分別規定。然十一等，與十二轉之數不合。唐因隋制，凡勳十二等：十二轉爲上柱國比正二品，十一轉爲柱國比從二品，十轉爲上護軍比正三品，九轉爲護軍比從三品，八轉爲上輕車都尉比正四品，七轉爲輕車都尉比從四品，六轉爲上騎都尉比正五品，五轉爲騎都尉比從五品，四轉爲驍騎尉比正六品，三轉爲飛騎尉比從六品，二轉爲雲騎尉比正七品，一轉爲武騎尉比從七品。於是勳官十二轉之制始備。則此詩作於唐代無疑。（姚大榮在東方雜誌第二十二卷第二號發表木蘭從軍時地表微，謂十二當爲十一之誤，以伊謂作於隋代故也。改書就己，武斷之極。）

既作於唐代，又至韋元甫始傳出，且與韋元甫所作一首，風格相似，則謂其出之元甫之手，當不致大誤。

二　北朝

（一）平民創樂府　晉室南遷，五胡內犯，我華族受其塗炭，遭其蹂躪，在民族史上，宜爲極殘酷之一頁，而在文學史上則爲極燦爛之一頁，極關重要之一頁。

於時南北並峙，一切文化習尚，皆分道揚鑣。祇以文學而論，南北均有樂歌，而其風味截然不同。故庾肩吾占曲云：

可憐江北女，慣歌江南曲，搖落木蘭舟，雙鳧不成浴。

玫吳歌阿子歌有「念我雙飛鳧，飢渴常不飽。」「鳧」字雙關「夫」字，以夫，梟音同。北人不知讀『梟』爲『夫』，故不成其欲（浴）。江北女已不解南曲，北方新入中國之異族，對南曲更根本不能明瞭。所以北歌折楊柳歌辭曰：

遙望孟津河，楊柳鬱婆娑。我是虜家兒，不解漢兒歌。

則南北樂府文學之不同可知。

樂府詩集無北歌之目，有梁鼓角横吹曲，寔卽北歌，非梁歌。古今樂錄曰：『梁鼓角横吹曲有企喻，瑯琊王，鉅鹿公主，紫騮馬，黃淡思，地驅樂，雀勞利，慕容垂，隴頭流水等歌三十六曲；二十五曲有歌有聲，十一曲有歌。是時樂府胡吹舊曲有太白淨皇太子，小白淨皇太子，雍臺，擣臺，胡遵，利𥿝女，淳于王，捉搦，東平劉生，單迪，歷魯爽，半和企喻，北敦，胡度來十四曲；三曲有歌，十一曲亡。又有隔谷，地驅樂，紫騮馬，折楊柳，幽州馬客吟，慕容家自魯企由谷，隴頭，魏高陽王樂人等歌二十七曲，合前三曲，凡三十曲，總六十六曲。』名之曰胡吹舊曲，則此等皆胡曲可知。且其歌中時見北方地名，更可爲北歌之鐵證。

北歌逐漸演化之迹，同學徐君中舒以爲可分三期說明：一，創作時期，此爲異族初入中國之北歌；二，蛻化時期，此爲漸次同化於漢人之北歌；三，成立時期，此爲完全同化於漢人之北歌，作者或爲漢人，或爲異族，其辭已不可分別。（見東方雜誌第二十二卷第十四號，徐君木蘭歌再考）然按之全部北歌，蛻分時期與成立時期，無明晰之分野，故今分爲二期研究：

（一）虜歌時期

（二）漢歌時期

茲先述虜歌時期：此指用虜音詠唱之歌；凡初入中國所作，及原有之虜歌皆屬之。時當燕代之際，晉懷愍以後，康穆以前，西曆約三〇〇至三六〇年左右。

舊唐書樂志曰：『北狄樂，其可知者，鮮卑，吐谷渾，部落稽三國，皆馬上樂也。後魏樂始有北歌，即所謂眞人代歌是也。代都時，命掖庭宮女晨夕職之。周隋世，與西涼樂雜奏。今存者五十三章，其名可解者六章，慕容可汗，吐谷渾，部落稽，鉅鹿公主，白淨皇太子，企喻是也。其不可解者，咸多可汗之辭，此後魏所謂簸羅廻者也，其曲亦多可汗之辭。北虜之俗，呼主爲可汗，吐谷渾又慕容別種，知此歌是燕魏之際，鮮卑歌也。其詞虜音，竟不可曉。梁胡吹又有大白淨皇太子，小白淨皇太子，企喻等曲，隋鼓吹有白淨皇太子曲，與北歌校之，其音皆異。」

按曰「代都時」云云，則諸歌之起，在稱代之時，謂之爲『燕魏之際鮮卑歌』者，蓋以代後改稱魏也，非謂此歌起稱魏後也。

舊唐書所云眞人代歌五十三章及簸羅廻，其詞皆亡。樂府詩集著企喻，鉅鹿公主。然唐書樂志言「梁有鉅鹿公主歌，似是姚萇時歌，其詞華音，與北歌不同。」企喻歌，新唐書樂志題爲太子企喻，題已不同。樂府詩集引或云：『男兒可憐蟲一曲，是苻融詩。』

所謂可解者六章，今已無詞，不知其可解程度何若。以其同爲眞人代歌，疑亦同爲『多可汗之辭，北虜之俗』之鮮卑歌；不過既云「多可汗之辭」

，則其中亦必少雜漢音；此六章者，當爲雜漢音之較多者，故勉强可解；其大體固鮮卑歌也。

次述漢歌時期：此指胡人用漢音，及漢人染胡風所發表之歌。時當元魏及北齊北周，南朝爲晉穆哀以後，至陳之滅亡，西曆約三六〇至五八〇年左右。至此而北歌已完全成立，至此而北歌始可與南歌對抗。

此時期之北歌，存者有企喻，瑯琊王，鉅鹿公主，黃淡思，雀勞利，慕容垂，隴頭流水，隔谷，淳于王，東平劉生，捉搦，折楊柳，幽州馬客吟，折楊柳枝，慕容家自魯企由谷，隴頭，高陽樂人各一種，紫騮馬二種，地驅一種，共二十一種。今分別選錄於下：

(1)企喻歌辭　古今樂錄曰：「企喻歌四曲。」

男兒欲作健，結伴不須多。鷂子經天飛，羣雀向兩波。

放馬大澤中，草好馬著膘。牌子鐵裲襠，鉅鉾鸐尾條。

前行看後行，齊著鐵裲襠。前頭看後頭，齊著鐵鉅鉾。

男兒可憐蟲，出門懷死憂；尸喪狹谷中，白骨無人收。

據樂府詩集引或云：「最後男兒可憐蟲」一曲，是苻融詩。本云：「深山解谷口，把骨無人收。」今後二句所以少改變者，蓋以遷就樂調也。

(2)瑯琊王歌辭　古今樂錄言八曲，樂府詩集亦載八曲，今選錄四曲；

新買五尺刀，懸着中梁柱，一日三摩娑，劇於十五女。

東山看西水，水流盤石間。公死姥更嫁，孤兒甚可憐。

客行依主人，願得主人彊；猛虎依深山，願得松柏長。

懀馬高纏鬃，遙知身是龍。誰能騎此馬，唯有廣平公。

按晉書載記，廣平公，姚興之子，泓之弟也。則此蓋姚秦時歌也。

(3)鉅鹿公主歌　唐書樂志曰：「梁有鉅鹿公主歌，似是姚萇時歌。」樂府詩集著三曲，錄一曲：

官家出遊雷大鼓，細乘犢車開後戶。

車前女子年十五，手彈琵琶玉節舞。

(4)黃淡思歌辭共三曲，錄二曲：

心中不能言，腹作車輪旋。與郎相知時，但恐傍人聞。江外何鬱拂，龍洲廣州出。象牙作帆檣，綠絲作幃綷。綠絲何葳蕤，逐郎歸去來。

(5)慕容垂歌辭三曲錄一：

慕容攀墻視，吳軍無邊岸；我身分自當，枉殺墻外漢。

慕容愁憤憤，燒香作佛會。願作墻裏燕，高飛出墻外。

(6)隴頭流水歌 余疑隴頭流水歌與隴頭歌辭，原爲一種。隴頭流水有三曲：

隴頭流水，流離西下，念吾一身飄曠野！

西上隴坂，羊腸九回，山高谷深，不覺腳酸！

手攀弱枝，足踰弱泥。

隴頭歌辭亦有三曲：

隴頭流水，流離山下，念吾一身，飄然曠野！

朝發欣城，暮宿隴頭，寒不能語，捲舌入喉！
隴頭流水，鳴聲幽咽。遙望秦川，心肝斷絕！

此曰隴頭歌，而起句亦曰「隴頭流水。」—樂府歌詞，每摘篇中一句，或起數字名篇，蓋或取首句名隴頭流水，或取首二字名隴頭耳。

(7)淯于王歌　共二曲：

肅肅河中育，育我須含黃。獨坐空房中，思我百媚郎。
百媚在城中，千媚在中央。但使心相念，高城何所妨？

(8)捉搦歌　四曲錄二：

誰家女子能行步，反著裌禪後裙露。天生男女共一處，願得兩個成翁嫗。
黃桑柘屐蒲子履，中央有絲兩頭繫。小時憐母大憐婿，何不早嫁論家計！

(9)折楊柳歌辭　余疑折楊柳歌辭與折楊柳枝歌亦本爲一種。折楊柳歌辭第一曲爲：

上馬不捉鞭，反折楊柳枝。蹀坐吹長笛，愁殺行客兒。

折楊柳枝歌第一曲亦作：

上馬不捉鞭，反折楊柳枝。下馬吹長笛，愁殺行客兒。

除「蹀坐」「下馬」不關重要之數字外，完全相同，知本爲一曲，後來展轉傳誦，或展轉鈔刻，於是字句微有不同。攷此曲命名，蓋取於「反折楊柳枝」一句，折楊柳與折楊柳枝，其意固無大別，故篇名遂小有同異。輯樂府者不察，離爲兩種，誤矣。

舊作折楊柳歌辭者，除「上馬」一曲，尚有四曲，皆可歌：

腹中愁不樂，願作郎馬鞭；出入擐郎臂，蹀坐郎膝邊。

放馬兩泉澤，忘不着連羈；擔鞍逐馬走，何得見馬騎？

遙看孟津河，楊柳鬱婆娑。我是虜家兒，不解漢兒歌。

健兒須快馬，快馬須健兒；䟆跋黃塵下，然後別雄雌。

舊作折楊柳枝歌者，除「上馬」一曲，尚有三曲，亦皆可歌：

門前一株棗，歲歲不知老。阿婆不嫁女，那得孫兒抱？

敕敕何力力，女子臨窗織；不聞機杼聲，只聞女歎息。

問女何所思？問女何所憶？『阿婆許嫁女，今年無消息！』

(10)慕容家自魯企由谷歌　僅一曲：

郎在十重樓，女在九重閣。郎非黃鷂子，那得雲中雀？

(11)高陽樂人歌　古今樂錄曰：「魏高陽王樂人所作也。又有白鼻騧，蓋出於此。」共二曲：

可憐白鼻騧，相將入酒家，無錢但共飲，畫地作交賒。

何處𩤸鷠來？兩頰色如火；自有桃花容，莫言人勸我。

(12)紫騮馬歌辭　共六曲，古今樂錄曰：「『十五從軍征』以下是古詩。」

十五從軍征，八十始得歸。道逢鄉里人：『家中有阿誰？』

遙看是君家，松柏冢纍纍。兔從狗竇入，雉從梁上飛。

中庭生旅穀，井上生旅葵；舂穀持作飯，採葵持作羹。

按此離古詩爲四曲：

羹飪一時熟，不知飴阿誰？出門東向看，淚落沾我衣。

此原爲漢代之無名古詩。據此，益知前謂樂府不惟採當時詩歌，亦採古時詩歌爲不誤也。但據此知此四首不足以代表北歌；故再舉其前二曲：

燒火燒野田，野鴨飛上天。童男娶寡婦，壯女笑殺人。

高高山頭樹，風吹葉落去；一去數千里，何當還故處？

尙有一曲，古今樂錄言「與前曲不同」：

獨柯不成樹，獨樹不成林。念郎錦裲襠，恆長不忘心。

（13）地驅歌樂（應校乙）辭　共四曲：

青青黃黃，雀石頽唐。槌殺野牛，押殺野羊。

驅羊入谷，白羊在前。老女不嫁，蹋地喚天。

側側力力，念郎無極；枕郎左臂，隨郎轉側。

摩捋郎鬚，看郎顏色；郎不念女，不可與力。（古今樂錄曰：『或云，各自努力。』）

尙有一曲，古今樂錄曰：『與前曲不同』：

月明光光星墮，欲來——不來——早語我！

此一曲極質樸，又極經濟。

此外雀勞利歌辭，隔谷歌，各有一首，不足觀，故不採。

✿　✿　✿

（二）文人仿古樂府　北朝之平民樂歌，以質直伉爽勝，而文人之作則不然。其文人作品本極少，有之則婉媚婀娜，與南朝人所作幾無分別。蓋平民樂歌，作者多胡族，卽漢人亦不學無文者流，居山林曠野，與胡虜爲鄰，不似南人生長於山明水秀之鄉，浸漑於兒女甜蜜之境，雖在末學，亦吐屬清美。故其歌高伉，其語爽直。文人則雖在北方，而以其有文學素養，且多漢家衣冠故族，故文美而氣弱。

北朝文人爲樂府者，在魏唯溫子昇比較可述。子昇，字鵬舉，先爲太原人，自其祖卽因避難家於濟陰。史稱博覽百家，文章清婉。孝明熙平初（五一六至五一九），舉高第，擢御史。孝莊卽位，補南主客郎。其樂府舉二首；

結襪子

誰能訪故劍，會自逐前魚。裁紈終委篋，織素空有餘。

詠花蝶

素蝶向林飛，紅花逐風散；花蝶俱不息，紅素還相亂。芬芬共襲手，葳蕤從可玩。不慰行客心，遽動離居歎。

此外，有王德者，其行歷籍貫不可考。有春詞一首，明媚可玩。

春花綺繡色，春鳥絃歌聲，春風復蕩漾，春女亦多情。愛將鶯作友，憐傍錦爲屏。回頭語夫婿：『莫負豔陽紅！』

北齊北周爲樂府者，較北魏各多數倍。蓋晉室南遷，故家大族，隨之俱去，故北魏百數十年之間，平民樂歌之外，幾無文學可言。至周齊，時代既久，故漸有能文之士。北齊文人樂府，全舉魏收，裴讓之爲代表。

魏收，字伯起。仕魏典起居注，兼中書舍人。與溫子昇邢子才齊名，世號三才。入齊於文宣天保初，除中書令，兼著作郎。後除光祿大夫尚書右僕射。有才無行，在京洛輕薄尤甚，人號爲「驚蛺蝶」。所爲後魏書，世稱穢史。又有集七十卷。其樂府不甚多，亦輕薄無精采。舉永世樂：

綺窗斜影入，上客酒須添。翠羽方開美，鉛華汗不霑。關門今可下，落珥不相嫌。

裴讓之，字士禮，河東聞喜人。與弟訥之（字士言）俱以文名。魏舉秀才。齊受禪，封宜都縣男，除淸河太守。後被罪賜死。樂府纔三數首，舉有所思：

夢中雖暫見，及覺始知非。展轉不能寐，徙倚獨披衣。悽悽曉風急，晻晻月光微，室空常達旦，所思終不歸。

北周余舉王褒，庾信爲代表。二人皆初爲梁人。褒字子深，仕梁歷吏部尚書右僕射。入長安授車騎大將軍。明帝即位，篤好文學，褒與庾信才名最高，特加親待，加開府儀同三司。有集二十一卷。

庾信，字子山。肩吾之子。仕梁與徐陵並爲抄撰學士，詩文並綺麗，世號「徐庾體」。入北周，累遷開府儀同三司。有集二十一卷。二人皆津溉於南朝之柔美文學，入北周覩北方山川之雄壯，原野之遼闊，覽其詩歌，聽其樂章，故其所作於纖麗優秀之中，寓蒼涼激壯之美，已先隋唐文人，使南北文學發生化合作用矣。此種南北文學結晶品，在王褒樂府中，表現十足。如關山篇，從軍行（二首），飲馬長城窟，凌雲臺，入塞等篇，無不如此；而以出塞，燕歌行兩篇爲最。

出塞（一作塞下曲）

飛蓬似征客，千里自長驅。塞禽唯有鴈，關樹但生楡。背山看故壘，繫馬識餘蒲。還因麾下騎，來送月支圖。

燕歌行

初春麗景鶯欲嬌，桃花流水沒河橋。薔薇花開百重葉，楊柳拂地數千條。隴西將軍號都護，樓蘭校尉稱嫖姚。自從昔別春燕分，經年一去不相聞：無復漢地關山月（樂府詩集作長安月），唯有漠北薊城雲。淮南桂中明月影，流黃機上織成文。充國行軍屢築營，陽史討虜陷平城；城下風多能却陣，沙中雪成詎停兵？屬國小婦猶年少，羽林輕騎數征行。遙聞陌頭採桑曲，猶勝邊地胡笳聲，胡笳向暮使人泣，長望閨中空佇立；桃花落地（應依樂府詩集刪地字）杏花舒，桐生井底寒葉疏。——試看來春上林鴈，應有遙寄隴頭書。

庾信在南朝已以綺麗著，故表現南北化合之詩歌較少，完全爲南方色彩者較多。然樂府中如燕歌行，楊柳歌，亦皆可以見其受北方文學之影響。楊柳歌洋洋二百餘言，爲簡便起見，舉較短小之燕歌行：

代北雲氣晝昏昏，千里飛蓬無復根。寒鴈嗈嗈渡遼水，桑葉紛紛落薊門。晉陽山頭無箭竹，疏勒城中乏水源。屬國征戍久離居，陽關音信絕復疏。願得魯連飛一箭，持寄思歸燕將書。渡遼本自有將軍，寒風蕭蕭生水紋。妾驚甘泉足烽火，君訝漁陽多（一作少）陣雲。自從將軍出細柳，蕩子空牀難獨守；盤龍明鏡餉秦嘉，辟惡生香寄韓壽。春分燕來能幾日，二月蠶眠不復久。洛陽遊絲百丈連，黃河春冰千片穿。桃花顏色好如馬，榆莢新開巧似錢。蒲桃一杯千日醉，無事九轉學神仙；定取金丹作幾服，能令華表得千年。

自周秦以迄漢魏之純文學，除半出西戎民族之秦風外，其風格多溫柔爾雅，其對象鮮有敘述邊塞戰伐者；有之自外來之鮮卑民族始。至唐而渡遼出塞，關山邊徼之歌唱，遂如雨後春筍，叢生迭出；實受北方胡漢混合民族文學之影響。而首先開端者，爲王褒庾信；故王褒庾信，實南北文學發生關係後之第一胎產兒也。

五 南北樂府之異同及其在文學史上之地位

（一）異同 南人譏北人不諳南音，北人亦自言不解漢歌，則南北兩樂府截然不同，不問可知。然其不同之點何在？此治文學流變者所當亟亟推求。今分爲形式，風格，及歌詠之對象三種以比較之。

（1）形式 就民歌論，北朝現存者，不足南朝者之十分二三。吾儕固知南人文而善詠，北人質而少歌。然即古今樂錄所言，已有六十六曲。江淹橫吹賦又云：『奏白登之二曲，起關山之一引，採菱謝而自罷，綠水歇而不進。』而之數曲者，久已不見載錄。知時至今日，已亡佚大半。大子夜歌曰：『歌謠數百種，子夜最可憐。』今所存南朝民間樂歌，無數百種之多，則亦有亡佚矣。故比較兩者之形式，似難盡得其眞；然其大端則有可言者：

南北兩樂歌，皆以五言四句爲中堅。七言二句者，亦皆畧有所見。南朝者如青驄白馬，女兒子，北朝者如鉅鹿公主歌，雀勞利歌，皆是也。七言四句者，北朝有捉搦歌四首，南朝民歌中則無有；有之如烏棲曲等，皆有主名之文人所作，然亦創作樂府，非仿古樂府，其性質與民歌固畧相仿。七言六句，七言六句以上者，則南北民歌中皆無有之；有之，惟南朝有主名之文人所創作者。——此皆畧相同者。

北朝時見四言四句者，如地驅樂歌四首，隴頭流水歌數首皆然，南朝則不見。南朝時見雜言者，——長短句者，如月節折楊柳等，北朝則極少。——此皆南北不同者。蓋長短錯縱，最宜歌詠幽情；北朝四言，則多叱咤嗚咽之音；其情感不同，故格形亦隨之異也。

至文人之仿古樂府，則南北無大差異；以同爲仿古，則所用格式，自然略同耳。

(2)風格　南朝樂歌以柔婉勝，北朝樂歌以眞率勝。梁任公先生論北歌曰：「他們生活是異常簡單、思想是異常簡單，心直口直，有一句說一句，他們的情感是「沒遮攔」的，你說好也罷，說壞也罷，總是把眞面孔搬出來。」（中國韻文裏頭所表現的情感）此言最能道出北樂風格。南樂則與此適相反：他們的生活異常優美，他們的思想異常微妙，他們指東說西，遮遮掩掩，梁簡文帝烏夜啼曰：「羞言獨眠枕下流，託道單棲城上烏。」此直彼等之表情法也。姑以情歌而論，南歌「恃愛如顚進，含羞未敢前；」（子夜歌）北歌則爲「枕郎右臂，隨郎轉側」（地驅歌）矣。南歌「那能閨中繡，獨無懷春情；」（子夜春歌）北歌則爲「老女不嫁，蹋地喚天」（地驅歌）矣。南歌「借問編上郎，見儂所歡不？」（估容樂）北歌則爲「天生男女共一處，願得兩個成翁嫗」（捉搦歌）矣。柔婉與眞率之分野，顯然可見。

柔婉則多隱語比興，眞率則無須乎此，故南歌有「雙關」之寫情法，北歌則無有也。

此亦就民歌而言，至文人之歌，則南北無大異也。

學而已。北樂則歌詠邊塞者有之，歌詠英雄（豪健粗獷者流）者有之，歌詠情戀者亦有之。無論平民所唱，文人所作，莫不然也。

（3）歌詠之對象　南樂除情歌外，無可稱者；故分量雖多，實止兒女文學而已。

（二）地位　文學爲時代之產物，亦爲地方之產物，故一時代有一時代之文學，一地方亦有一地方之文學。吾國古代文學，大部產於黃河流域。周秦之際，除二南及楚辭外，幾無長江一帶之文學。漢魏除以賦名家之司馬相如等，亦概皆北方文學。以故自詩經至漢魏樂府，其風格無極大之變化。至五胡亂華，晉室南渡，北則胡漢雜揉，產生極直率伉爽之文學，即所謂北樂。南則偏安江左，人無遠志，經濟饒裕，生活優美，山川明媚，性情陶醉，於是產生極嫵媚柔脆之文學，即所謂南樂。一剛一柔，一直一婉，一則讀之令人振拔，一則覩之令人魂消，分道揚鑣，各別發展者，上下二百餘年。於是各個本身，皆煇煌彪炳，放爲光明燦爛之花。又以雙方已經成熟，故一或接觸，即相吸相引，共結碩大壯健之果。王褒庾信，爲其第一胎產兒，前已言之。但斯時尚未正式結婚，王庾淫奔幽會，爲私生之子。至隋唐統一，合巹行禮，寧馨佳兒，聯翩墮地。其風格性情，有南朝之清秀柔婉，而無鉛華妖冶之態；有北朝之伉爽眞率，而無粗獷蠻野之氣，隋唐樂府莫不如此。舉例條目，請俟下章。

近人謂詞之起源，出於唐之絕句律詩，（胡適之先生詞的起源）其實詞律之長短錯縱，詞風之柔媚纖麗，皆與樂府，——尤以南朝樂府有相似者。故詞名之因仍樂府，或取樂府詞句者極多，觀毛稚黃塡詞名解可知。且同爲以之歌唱，無顯然之分野，故郭茂倩樂府詩集所采近代曲辭，幾全爲小詞，而詞人之作，亦多命名樂府也。

樂府至南北朝，一方面平民努力創作，一方面文人刻意學古，無以名之，名之創作兼摹仿時期，亦可謂之分化時期。曹魏在漢代創作樂府之後，於時樂府尚爲新興文學，待開闢之境地甚多，故曹氏父子兄弟，依舊曲，製新詞，頗能推陳出新，別開生面。至晉，南北朝，舊樂府已成濫調，重重摹擬，陳陳相因，故作者雖多，作品雖多，而有生氣，有性靈者無幾；意境格調，兩無增新，不過滿注以六代靡醉，沈迷，蕩逸之人生意味，畧具時代性，不能謂與漢魏全同耳。

在此種腐舊沈溺空氣中，一班平民又別求生命，另製新樂歌矣。其歌詠之材料，歌詠所用之格調，與漢代平民樂府不同，與魏晉六代文人樂府亦不同。除北歌時或一詠英雄關塞外，秦半皆男女戀歌。蓋漢代所作，多出北方，生活艱窘，故多社會問題之歌。南朝所作，概出南方，乏經濟之壓迫，多景物之誘惑，故多兒女情戀之樂。至其格調，則多五言四句，整齊短小，最適於表達一刹那間雙方之情感。

樂府得此新生力軍，形式內容，皆有革新，皆有擴充，又變爲新興文學。故隋唐文人又得藉之別製新詞，不蹈六代陳腐因循之舊也。

第五章　隋唐樂府

一　隋

前言隋唐爲南北文學結婚後之合法產兒。但產兒或肖父，或肖母，未必皆兼肖二人，隋文帝自墮地之後，即生長於北方，習與性成，故最肖北方。隋書音樂志上曰：

「高祖（文帝）受命維新，八州同貫，制氏全出於胡人，迎神猶帶於邊曲。」

音樂志中又曰：

開皇二年（五八二），齊顏之推上言：「禮崩樂壞，其來自久。今太常雅樂，並用胡聲。請馮梁國舊事，考尋古典。」高祖不從，曰：「梁樂亡國之音，奈何遺我用耶？」

文學背景，極爲複雜，而政治確爲重要條件之一。上有好者，下必有甚者焉，故文帝之時，所有樂府，多較肖北方。如楊素薛道衡虞世基互相唱和，以出塞為題，各作二首，可代表隋初樂府。今各錄其第二首：

楊素者：

漢虜未和親，憂國不憂身。握手河梁上，窮涯北海濱。據鞍獨懷古，慷慨感良臣。歷覽多舊跡，風月慘愁人。荒塞空千里，孤城絕四隣。樹寒偏易古，草衰恒不春。交河明月夜，陰山若霧辰。鴈飛南入漢，水流西咽秦。風霜久行役，河朔備艱辛。薄暮邊聲起，空飛胡騎塵。

薛道衡者（和楊素）：

邊庭風火驚，插羽夜徵兵。少昊勝金氣，文昌動將星。長驅鞮汗北，直指夫人城。絕漠三秋暮，窮陰萬里生。寒夜哀笛曲，霜天斷鴈聲。連旗下鹿塞，疊鼓向新庭。妖雲墜虜陣，暈月繞胡營。左賢皆頓顙，單于已繫纓。紲馬登玄闕，鈎鯤臨北溟。當知霍驃騎，高第起西京。

虞世基者（和楊素）：

上將三略遠，元戎九命尊，緬懷古人節，思酬明主恩。山西多勇氣，塞北有遊魂。揚桴度隴坂，勒騎上平原。誓將絕沙漠，悠然去玉門。輕齎不遑舍，驚策鶩戎軒。懍懍邊風急，蕭蕭征馬煩。雪暗天山道，冰塞交河源，霧烽暗無色，霜旗凍不翻。耿介倚長劍，日落風塵昏。

楊素，字處道。仕周武帝，以平齊加上開府。隋高祖受禪後，加上柱國，進封越國公。薛道衡，字玄卿。仕齊，仕周，入隋除內史，累遷上儀同三司。煬帝嗣位，上文皇帝頌，帝覽之不悅，尋以論時政見害。虞世基，字茂世。仕陳，入隋為通直郎，直內史省。煬帝即位，唯諾取榮。後以遇害卒。三人惟世基時稍後，與煬帝相得，然作出塞則在文帝時也。

文帝時樂府亦有出於南朝者，盧思道辛德源其選也。盧思道，字子行，范陽人。史稱聰爽俊辯，才學兼著。仕齊，仕周，隋高祖為丞相，思道為武陽太守。開皇年中為散騎侍郎。所為樂府，如有所思，日出東南隅行，櫂歌行，美女篇，城南隅讌，採蓮曲，皆近似南樂之綺麗。

櫂歌行

秋江見底清，越女復傾城；方舟共採摘，最得可憐情。落花流寶珥，微風動香纓，帶垂連理濕，櫂舉木蘭輕。順風（一作避人）傳細語，因波寄遠情。——誰能結錦纜，薄暮隱長汀。

採蓮曲

曲浦戲妖姬，輕盈不自持；擎荷愛圓水，折藕弄長絲；珮動裙風入，妝銷粉汗滋。菱歌惜不唱，須待暝歸時。

然亦有近似北樂者，如從軍行：

朔方烽火照甘泉，長安飛將出祁連；犀渠玉劍良家子，白馬金羈美少年。平明偃月屯右地，薄暮魚麗逐左賢。谷中石虎經箭射，山上金人曾祭天。

天涯一去無窮已，薊門迢遞三千里，朝見馬嶺黃沙合，夕望龍城陣雲起。

庭中奇樹已堪攀，塞外征人殊未還。白雪初下天山外，浮雲直上五雲間。

關山萬里不可越，誰能坐對芳菲月？流水本能斷人腸，堅冰舊來傷馬骨。邊庭節物與華異，冬霰秋霜春不歇。長風蕭蕭渡水來，歸雁連連映天沒。

從軍行，軍行萬里出龍庭，單于渭橋今已拜，將軍何處覓功名？

此眞「聽爽俊辯」，文肖其人，有北歌之伉爽，有南歌之俊麗，眞南北文學之佳兒。若櫂歌，採蓮諸曲，則有得於南樂，無得於北樂，允爲「女郎文學」，「俊」則有之，「爽」則未也。

辛德源，字道基，隴西狄道人。仕齊，仕周，隋文受禪，不得調，隱於林慮山中。南史崔夢武奏之，謫從軍討南寧。還，牛弘薦修國史，轉諮議參軍卒。其樂府亦得於南朝者較多，得於北朝者較少。如東飛伯勞歌，似純肖南朝：

合歡芳樹連理枝，荆王神女乍相隨。誰家妖艷蕩輕舟，含嬌轉眄騁風流。犀枻蘭橈翠羽蓋，雲羅霧縠蓮花帶。女兒年幾十六七，玉面新妝映朝日。——落花從風俄度春，空留可憐何處新！

若白馬篇則有略似北朝者矣：

任候直芳辰，相從競逐春：金鞍移赭汗，紫陌應紅塵；寶劍提三刀，雕弓韜六鈞，鳴珂踐細柳，飛蓋出宜春。——遙見浮光發，懸知上頭人。

✿ ✿ ✿

煬帝墮地未久，即生長於南方，習與性成，故最肯南方，據隋書煬帝紀，帝「美姿儀，少敏慧。」「開皇元年，立爲晉王，拜柱國，幷州總管。時年十三。尋授武衛大將軍，位上柱國，河北道行臺尚書令大將軍。」至開皇八年，「爲揚州總管，鎭江都，每歲一朝。」在江都者蓋數載。以故煬帝對江都特別愛戀，卽位之初（大業元年），卽御龍舟幸之，舳艫相接二百餘里。自後數次行幸，卒於江都遇害以死。紀又言：

「所至惟與後宮留連躭酒，惟日不足。招迎姥媪，朝夕共肆醜言。又引少年令與宮人穢亂，不軌不遜，以爲娛樂。」

音樂志上又曰：

「煬帝矜奢，頗玩淫曲。御史大夫裴蘊揣知帝情，奏括周齊梁陳樂工子弟及人間善聲調者，凡三百餘人，並付太樂。倡優獶雜，咸來萃止。」

在此種猥褻陶醉之環境中，自然最易產生樂歌，自然最易產生南方化香艷體之樂歌。故文帝自身無樂歌，煬帝自身之樂歌多至數十首，泰半皆為艷體。

春江花月夜二首

暮江平不動，春花滿正開。流波將月出，潮水帶星來。

夜露含花氣，春潭漾月暉。漢水逢遊女，湘川值兩妃。

喜春遊歌二首

禁苑百花新，佳期遊上春。輕身趙飛燕，歌曲李夫人。

步緩知無力，臉曼動餘嬌，錦袖淮南舞，寶袜楚宮腰。

江都宮樂歌

揚州舊處可淹留，臺榭高明復好遊；風亭芳樹迎早夏，長皐麥隴送餘秋；淥潭桂楫浮青雀，果下金鞍躍紫騮；綠觴素蟻流霞飲，長袖清歌樂戲州。

泛龍舟

舳艫千里泛歸舟，言旋舊鎭下揚州。借問揚州在何處？淮南江北海西頭。六轡聊停御百丈，暫罷開山歌棹謳。謳似江東掌間地，獨自稱言鑑裏遊。

唐書樂志曰：「泛龍舟，隋煬帝江都宮作。」

江都夏（四時白紵歌）

黃梅雨細麥秋輕，楓樹蕭蕭江水平。飛樓綺觀軒若驚，花簟羅幃當夜清。菱潭落日雙鳧舫，綠水紅妝兩搖漾。還似扶桑碧海上，誰肯空歌採蓮唱？

煬帝以天子之尊而有勢，爲有力的香艷樂歌運動，自然天下從風，相率趨於香艷一途。此可舉兩派人爲代表：一，煬帝之臣工。二，煬帝之姬妾及其他女文學作家。

前所言與煬帝相得之虞世基，有和煬帝四時白紵歌二首，錄江都夏一首：

長洲茂苑朝夕池，映日含風結細漪。坐當伏檻紅蓮披，雕軒洞戶青蘋吹。輕幌芳煙鬱金馥，綺簷花簟桃李枝。蘭苔翡翠但相逐，桂樹鴛鴦恒並宿。

又有諸葛潁者，字漢，丹陽建康人。起家梁邵陵王參軍。入隋，値煬帝爲晉王，引爲參軍；即位後，遷著作郎，甚見親幸。有和煬帝春江花月夜一首：

張帆渡柳浦，結纜隱梅洲；月色含江樹，花影覆船樓。

又有王胄者，字承基。起家陳鄱陽王法曹參軍。陳滅，晉王（煬帝）引爲學士。大業初，爲著作郎。其樂府亦頗纖綺哀豔。如棗下何纂纂一首：

柳黃知節變，草綠識春歸。複道含雲影，重簷照日輝。

御柳長條翠，宮槐細葉開。還得聞春曲，便逐鳥聲來。

再如燉煌樂二首：

長途望無已，高山斷還續。意欲此念時，氣絕不成曲。

極目眺修塗，平原忽超遠。心期在何處？望望崦嵫晚。

煬帝宮女有侯夫人者。詩紀引迷樓記曰：「煬帝建迷樓，選後宮女數千以居其中，由是後宮多不得進御。宮女侯夫人有美色，一日縊於棟下。臂繫錦囊，囊中有文，左右取以進，帝覽其詩，反覆傷感，厚禮葬之。」按其詩名自傷，以篇幅甚長，不錄；錄其小品數首：

妝成

妝成多自惜，夢好卻成悲；不及楊花意，春來到處飛。

看梅

砌雪無消日，捲簾時自顰；庭梅對我有憐意，先露枝頭一點春。

香清寒豔好，誰惜是天真？玉梅謝後陽和至，散與羣芳自在春。

此雖不見樂府，然審其格調，頗類南朝樂府小詞，則曾入樂否不敢必，約之與樂府相似，故附於此。

樂府詩集又著丁六娘十索四首，引樂苑曰：「十索，羽調曲也。」

裙裁孔雀羅，紅綠相參對；映以蛟龍錦，分明奇可愛。——麤細君自知，從郎索衣帶。

為性愛風流，偏憎良夜促；曼眼腕中嬌，相看無厭足。——歡情不耐眠，從郎索花燭。

君言花勝人，人今去花近。寄語落花風，莫吹花落盡。——欲作勝花妝，從郎索花粉。

二八好容顏，非意得相關。逢桑欲採折，尋枝倒嬌攀。——欲呈纖纖手，從郎索指鐶。

尚有二首，樂府詩集作無名氏，詩紀引選詩拾遺併作丁六娘。是否六娘所作不可考；約之，可以代表隋末之『麻醉樂府』，故今並錄於下：

含嬌不自轉，送眼勞相望；無那關情伴，空入同心帳。——欲防人眼多，從郎索錦幃。

蘭房下翠帷，蓮帳舒鴛錦；歡情宜早暢，密態須同寢。——欲共作纏綿，從郎索花枕。

至詩紀載李月素贈情人，羅愛愛閨思，秦玉鸞贈情人，蘇蟬翼因故人歸作，張碧蘭寄阮郎，不見古書，惟兼見明刻續玉臺新詠，未可爲據，丁福保全隋詩已辯之矣。

隋受周禪，在西歷五八一年，滅於唐在六一八年，前後不足四十年，而其樂府之不同若此。吾儕讀之，可得兩種教訓：

(一)文學頗受地方影響

(二)文學頗受政治影響

觀此，知時髦文學史家，任意分期，美其說曰，「打破傳統的以政治斷代之謬習，」實爲『競新炫異不顧事實之謬習』也。

二　唐

（一）唐代君主之提倡樂府　南北朝之樂府，其成分有二，曰平民創作樂府，曰文人仿古樂府。至隋唐則祇有文人仿古樂府，無平民創作樂府。隋代享國日淺，影響未大。唐初以至中世（玄宗）之君，率皆知音善樂，又以天下平定，四海乂安，休養生息，文人輩出，殿廷之上，變爲唱酬絃歌之所。在此種空氣，此種環境之下，自然可以產生大批之文人樂府。

太宗自爲秦王，即開文學舘，招集十八學士。卽位之後，又開弘文舘，收攬文學之士，編纂文書，唱和吟詠。唐詩紀事卷一載太宗帝京篇十首，自序言：『余以萬機之暇，遊息藝文。』則其好文可知。舊唐書音樂志一載杜淹論玉樹後庭花，伴侶曲，爲亡國之音。太宗曰：

『不然。夫音聲能感人，自然之道也，故歡者聞之則悅，憂者聽之則悲；悲歡之情，在於人心，非由樂也。將亡之政，其民必苦，然苦心所感，故聞之則悲耳，何有樂聲哀怨能使悅者悲乎？今玉樹伴侶之曲，其聲俱存，朕當爲公奏之，知公必不然矣。」

又載：『太宗制破陳舞圖。』音樂志二又言：『慶善樂，太宗所造也。』則其嫻樂可知。

高宗繼之，更好音樂。舊唐書音樂志一曰：

『上以琴中雅曲，古人歌之，近代已來，此聲頓絕，雖有傳習，又失宮商。令所司簡樂工解琴笙者修習舊曲。……太常上言：「……臣今準敕依放琴中舊曲，定其宮商，然後教習，並合於歌，輒以御製雪詩爲白雪歌辭。又案古今樂府，奏曲之後，皆別有送聲，君臣倡和，事彰前史，輒取侍臣等奏和雪詩，以爲送聲，共十六節。今悉教訖，並皆諧韻。」上善之，乃付太常，編於樂府。』

音樂志二又曰：

『上元樂，高宗所造。』

據此，知高宗對樂府有極濃厚之趣味。

武后亦爲有樂辯之女子。新唐書禮樂志十二載坐部伎六：「一讌樂，二長壽樂，三天授樂，四鳥歌萬歲樂，五龍池樂，六破陳樂。」言：

「天授，鳥歌，皆武后作也。」

至中宗神龍景龍（七〇五至七〇九）之間，皇帝與羣臣賦詩宴樂，屢有所聞。如唐詩紀事卷三曰：

「中宗正月晦日，幸昆明池賦詩，羣臣應制百餘篇。殿前結綵樓，命昭容（上官婉兒）選一首爲新翻御制曲。從臣悉集其下。須臾，紙落如飛；各認其名而懷之。既進，唯沈宋（沈佺期宋之問）二詩不下。又移時，一紙飛墜，競取而觀，乃沈詩也。及閱其評曰：『二詩工力悉敵。沈詩落句云：微臣雕朽質，羞覩豫章材，蓋詞氣已竭。宋詩云：不愁明月失，自有夜珠來，猶陟健舉。』沈乃伏，不敢復爭。

又大唐新語曰：

「神龍之際，京城望日盛燈影之會；金吾弛禁，特許夜行。貴游戚屬及下俚工賈，無不夜遊。馬車駢闐，人不得顧。王主之家，馬上作樂以相誇競。文士皆賦詩一章，以紀其事。」(引見謝著大文學史六，頁三四。唐代叢書本大唐新語無此條。)

又據隋唐嘉話言：

「景龍中，中宗遊興慶池，侍宴者遞相歌舞，并唱下兵詞，方便以求官爵。給事中李景伯亦起唱曰：

「迴波爾持酒卮，兵兒志在箴規；侍宴既過三爵，喧嘩竊恐非宜。」於是乃坐罷。」

又據本事詩，中宗受制於韋后，御史大夫裴談亦懼內，宴樂時有優人唱迴波樂云

「迴波爾持栲栳。怕婦也是大好。外邊祇有裴談，內裏無過李老。」

至玄宗，唐室統一已百有餘年，(高祖元年爲西曆六一八年，玄宗先天元年爲西曆七一二年，天寶十五年爲西曆七五六年。)生於天下熙熙之時，長於樂舞融融之境。其音樂天才，好樂程度，在歷代君主中，獨一無兩。滿

唐書音樂志一曰。

「玄宗在位多年，善音樂。若讌設酺會，卽御勤政樓。……就坐，太常大鼓，藻繪如錦，樂工齊擊，聲震城闕。太常卿引雅樂，每色數十人，自南魚貫而進，列於樓下。鼓笛雞婁，充庭考擊。太常樂，立部伎，坐部伎，依點鼓舞，間以胡夷之伎。日旰，卽內閑廐，引蹀馬三十匹，傾杯樂曲，奮首鼓尾，縱橫應節。又施三層校牀，乘馬而上，抃轉如飛。又令宮女數百人，自帷出，擊雷鼓，爲破陳樂，太平樂，上元樂，雖太常積習，皆不如其妙也。若聖壽樂，則迴身換衣，作字如畫。又五坊使引大象入場，或拜或舞，動容鼓振，中於音律。竟日而退。玄宗又於聽政之暇，敎太常樂工子弟三百人，爲絲竹之戲，音響齊發，有一聲誤，玄宗必覺而正之。號爲「皇家弟子」；又云「梨園弟子」；以置院近於禁苑之梨園。太常又有別敎院，敎供奉新曲。太常每凌晨鼓笛亂發於太樂別署。敎院廩食常千人。宮中居宜春院。玄宗又製新曲四十餘，又新製樂譜。每初年望夜，又御勤政樓，觀燈作樂。貴臣戚里，借看樓觀望。夜闌，太常樂府縣散。樂畢，即遣宮女於樓前縛架出眺，歌舞以娛，若縄戲竿木，詭異巧妙，固無其比。」

新唐書禮樂志第十二亦曰：

「玄宗既知音律，又酷愛法曲，選坐部伎子弟三百，敎於梨園，聲有誤者，帝必覺而正之；號「皇家梨園弟子」。宮女數百亦爲「梨園弟子」，居宜春北院。法部更置小部音樂三十餘人。帝幸驪山，楊貴妃生日，命小部張樂長生殿，因奏新曲，未有名，會南方進荔枝，因名荔枝香。帝又好羯鼓，而寧王善吹橫笛。達官大臣慕之，皆喜言音律。」

又曰：

「唐之盛時，凡樂人，音聲人，太常，雜戶子弟隸太常及鼓吹署，皆番工，總號音聲人，至數萬人。」

又曰：

『玄宗以八月五日生，因以其日名節，而君臣共爲荒樂。』

音樂志三又曰：

『開元二十五年，太常卿韋縚令博士韋逌，直太樂尙冲，樂正沈元福，郊祀令陳虔申懷操等銓叙前後所行用樂章爲五卷，以付太常鼓吹兩署，令工人習之。時太常舊相傳有宮商角徵羽讌樂，五調歌詞各一卷；或云，貞觀中侍中楊仁恭妾趙方等所銓集。詞多鄭衞，皆近代詞人雜詩。至縚，又令太樂令孫玄成更加整比爲七卷。又自開元以來，歌者雜用胡夷里巷之曲。其孫玄成所集者，工人多不能通，相傳謂爲法曲。』

法曲爲玄宗所『酷愛』，惜今已佚，不能確考。音樂志不錄其曲，言『今依前史舊例錄雅歌詞前後常用者，附於此志。其五調法曲，詞多不經，不復載之。』據此，疑與當時樂工所傳習者，皆爲『胡夷里巷之曲。』唐代文人樂府與六代文人樂府，同爲仿古，而六代之作，奄奄無生氣，唐代則壁壘全新，於仿效之中，寓創作之美，此種『胡夷里巷之曲』，似與之不無關係。

又開天傳信記云：

天寶初，玄宗遊華清宮。劉朝霞獻賀新溫泉賦，詞調倜儻，雜以俳諧。……其賦曰：

『若夫天寶二年，十月後兮臘月前，辦有司之供具，命駕幸於溫泉。天門豁然，開神仙之偪塞；鑾輿劃出，驅甲仗而駢闐。青一隊兮紅一隊，熊踢胸兮豹拏背；珠一團兮繡一團，玉鏤珂兮金鈒鞍。……』

其述玄宗聖德曰：

『直獲得盤古髓，掐得女媧氏孃。遮莫你古來千帝，豈如我今代三郎？』

其自敘曰：

『別有家愁躑躅，失路猖狂；骨搵雖短，伎倆能長。夢裏幾回富貴，覺來依舊恓惶！只是千年一遇，扣頭五角而六張。』（胡適之云『「五角六張」是當時的俗語，謂五日遇角宿，六日遇張宿，俗謂這兩日作事多不成。』）

上覽而奇之，將加殊賞。命朝霞改去『五角六張』。奏云：『臣草此賦，若有神助，自謂文不加點，筆不停輟，不願改之。」

又舊唐書李白傳曰：

「白既嗜酒，日與酒徒醉於酒肆。玄宗度曲，欲造樂府新詞，亟召白，白已臥於酒肆矣。召入，以酒灑面，即命秉筆。頃之，成十餘章。帝頗嘉之。」

在此種奢靡，閑逸，豪侈，放蕩之環境下，自易產生文人，產生文學，產生音樂文學。吾儕固知應制之作，難得珍品；然亦須分別而論。應制作廟堂樂章，祭神樂章，堂皇正大，埋沒情感，自然無有生氣，有性靈之製。若雖爲應制，而不拘君臣之禮，不作廟堂之文，歡呼聚樂，醉謔無嫌，則人之性靈與情感，皆得充分之表現，而活文學，有生氣之文學，亦自可以油然而生。樂府至唐代，已至由分化漸就至衰落時期，而能產生大批之文人新樂府，使樂府文學得一完美收場，君王后妃之提倡，與有力焉。王靜安先生論李後主曰：「生于深宮之中，長于婦人之手，是後主爲人君所短處，亦即爲詞人所長處。』（人間詞話）今仿其語論中宗玄宗曰：『二君荒淫宴樂，歌舞吟咏，是中唐之所以召亂，亦即中唐之所以產生大批新樂府。』

（二）唐代樂府概論　胡適之先生曰：『唐人論詩多特別推重建安時期。（原注『例如元稹論詩，引見舊唐書一九〇杜甫傳中。）我們在上編（指胡氏白話文學史頁五八——六〇）曾說建安時期的主要事業在于制作樂府歌辭，在於文人用古樂府的舊曲改作新詞。開元天寶時期的主要事業也在於制作樂府歌辭，在於繼續建安曹氏父子的事業，用活的語言用新的意境創作樂府新詞。』（胡氏白話文學史新月書店本頁二六一）

此言誠是。但建安時代，古樂府舊曲猶存，曹氏父子所作，雖未必篇篇入樂，然曾經入樂者不少，觀樂府詩集可知，故曹氏父子所作樂府新詞，多依樂府舊曲。至唐則漢魏古樂曲調，久已散亡。舊唐書音樂志一曰：

『自永嘉（晉懷帝元號，三〇七—三一三年。）之後，咸洛爲墟，禮壞樂崩，典章始盡。』

唐代所傳習者，僅周齊梁陳之曲而已。故音樂志一又曰：

「孝孫（祖姓）又奏（當太宗時）：陳梁舊樂雜用吳楚之音，周齊舊樂多涉胡戎之伎。於是斟酌南北，考以古音，作爲大唐雅樂。」

據此，參以前引音樂志三言太常舊相傳之五調歌詞各一卷，「皆近代詞人雜詩」。又曰：「自開元以來，歌者雜用胡夷里巷之曲」。則漢魏樂府舊曲，蓋鮮有存者。而唐人所作樂府新詞中，鼓吹曲辭，橫吹曲辭，相和歌辭……等等，觸目皆是，其題目多仍漢魏，其形式則與漢魏舊曲逈異。胡適之先生亦曰：「唐初的人也偶然試作樂府歌辭。但他們往往用律詩體做樂府。」則知唐代樂府，蓋逐漸脫去舊曲覊絆，逐漸近於詩體化，逐漸開放，逐漸自然。故益能「用活的語言用新的意境創作樂府新詞」，在樂府文學中大放異彩。而以逐漸不顧曲譜，逐漸失其與音樂關係，故中唐以後，樂府遂亡，而祇有詩矣。

曹氏父子與唐代詞人，同爲用古樂府舊題製作新詞。但曹氏父子生於漢

末，其所憑藉之古樂府，祗有漢代之郊廟歌，鼓吹鐃歌，舞曲歌，相和歌數種。郊廟歌爲廟堂文學，鐃歌亦畧帶廟堂意味，有性靈有意境之文學，不易藉以發表；而舞曲又寥寥無幾。故曹氏父子所作，泰半皆相和歌辭而已。至唐，則於漢代數種以外，又有南朝之吳歌，荆楚西聲，神弦歌，江南弄，上雲樂；北朝之北歌；本朝之「胡夷里巷之曲」；概皆平民文學，易用以發表有性靈有意境之文。卽鼓吹鐃歌，相和歌，亦以自曹氏父子以至陳隋，作者代有，內容益富。唐人生際其後，得多所取材，多所憑依，長袖善舞，多財善賈，祖產既多，營用自便。故唐人樂府，其內容與形式，皆較曹氏父子大加豐富。依全唐詩所列，共有七類：

(1)鼓吹曲辭　包括擬漢鼓吹鐃歌。

(2)橫吹曲辭　包括擬北歌。

(3)相和歌辭　包括擬漢魏相和歌及擬南朝淸商曲。

(4)舞曲歌辭　包括擬古舞曲及唐代自創舞曲。

(5)琴曲歌辭　包括擬古琴曲及唐代自創琴曲。

(6)雜曲歌辭　包括擬古雜曲，唐代自創雜曲，及擬四夷（如高麗，高昌，龜茲，疏勒，天竺，西涼，安國，……等。）之雜曲。

(7)雜歌謠辭　雖有民間歌謠數首，然泰半皆文人所作。

就類別言，視曹氏父子以至六代之仿古樂府，增多數種。就風格言，於漢魏質樸敦厚之外，益以南朝之柔潤明婉，北朝之伉爽激壯。聚萬金而冶之，合衆流而一之，際天下之承平，値時君之好樂，樂府新詞之大興，非無由也。

(三)唐代樂府詞人及其樂府詞　唐太宗「遊息藝文」，嫺音好樂，而所爲樂府詞則不多覯。全唐詩卷一著飲馬長城窟行，平平無精彩。其臣工爲樂府者，有魏徵虞世南。魏徵所作，亦不多見，有出關一首，亦無警句。

虞世南，字伯施，餘姚人。世基弟。文章婉縟，見稱於徐陵。仕陳，仕隋，入唐爲秦府（太宗）記室參軍。太宗踐祚，歷弘文館學士秘書監。其樂府有從軍行，飛來雙白鵠，門有車馬客行，結客少年場行，……等篇。今舉結客少年場行：

韓魏多奇節，倜儻遺名利；共矜然諾心，各負縱橫志。結交一言重，相思千里至。綠沈明月弦，金絡浮雲轡。吹簫入吳市，擊筑游燕肆。尋源博望侯，結客遠相求。少年重一顧，長驅背隴頭。焰焰霜戈動，耿耿劍虹浮。天山冬夏雪，交河南北流。雲起龍沙暗，木落雁門（此依集，樂府作行）秋。輕生殉知己，非是爲身謀。

唐初爲樂府者甚少　蓋天下甫定，未遑及此。雖太宗提倡藝文，提倡樂府，然在提倡時期，固祇見種植，難得收穫，——其收穫當在種植以後。故唐初雖乏可紀樂府，而與樂府之關係極大。設無唐初之倡導，則開元天寶間難得偌大之成績也。

稍後高宗武后時，王楊盧駱有四傑之稱，亦各有樂府歌辭。四人皆髫齒有能文之名。裴行儉譏其「雖有文才，而浮躁淺露，豈享爵祿之器。」（見舊唐書一九〇上文苑傳）

王勃，字子山，絳州龍門人。中說作者王通孫也。沛王賢聞其名，召爲沛府修撰。諸王鬬雞，勃戲爲檄英王雞文，高宗以爲「是交搆之漸」，斥逐。後省父交址，墮水而卒，年才二十八。今有王子安集。

楊烱，華陰人，史稱『幼聰敏，博學，善屬文，舉神童，拜校書郎。』生卒不可考，然享壽當知甚短。今有楊盈川集。

盧照鄰，字升之，幽州范陽人也。史言「年十餘歲，就曹憲王義方授蒼雅及經史，博學，善屬文。」又載「染風疾」，「沈痼攣廢，不堪其苦，嘗與親屬執別，遂自投潁水而死。時年四十。」今有幽憂子集。

駱賓王，婺州義烏人。史言『善屬文，尤妙於五言詩。……然落魄無行，好與博徒遊。高宗末，爲長安主簿，坐贓左遷臨海丞，怏怏失志，棄官而去。』（凡謂史言，皆舊唐書一九〇上文苑傳語。）後與徐敬業作亂以死。今有駱賓王文集。

四人以性格論，「浮躁淺露」，「落魄無行」，其詩文樂歌當爲南朝綺麗香豔一派，而其實不盡然。王子安集有楊炯序，稱王勃之志曰：

「嘗以龍朔（高宗三次改元元號，六六一——六六三年）初載，文場變體，爭構纖微，競爲雕刻，糅之金玉龍鳳，亂之朱紫青黃，影帶以徇其功，假對以稱其美，骨氣都盡，剛健不聞。思革其弊，用光志業。」

又言當時與王勃同調者：

「薛令公朝右文宗，託末契而推一變；盧照鄰人間才傑，覽清規而輟九攻。知音與之矣，知己從之矣。」

又美王勃之功曰：

「積年綺碎，一朝清廓，翰苑豁如，詞林增峻，反諸宏博，君之力焉。」

讀文學史者注意：以四傑之性格，作此等之言論，知南朝綺纖脂粉之氣，已爲一般人所厭棄，此受北朝質健文學之影響故也。中唐以復古爲革新之文學運動，斯時已蘭芽茁壯矣。後人茫焉不察，以裴行儉論行之言，移以論文，致使四傑之作，被「輕浮淺露」之誚，而韓愈遂專擅「文起八代之衰」之美，（如蘇軾潮州刺史廟碑所云）令文學史呈殊異現象，而流變演化之跡亂矣。豈知韓愈作新修滕王閣記，以爲詞列王勃滕王閣詩序之次，「有榮耀焉」，草蛇灰綫，固有可尋者。

然四傑文學觀之所以如此者，時爲之也。其性情「浮躁淺露」，故與齊梁相近，設生齊梁之時，吾知其文學必近於香匳體。隋唐南北統一，南朝纖巧之文，已屆「日落西山，氣息奄奄」之時，而北朝雄壯質樸之美，則方興未艾，諸待發揮，取以爲文，易放異彩。唐太宗爲帝京篇，其第四首曰：

「去茲鄭衛聲，雅音方可悅。」

自序又曰：

「用咸英之曲，變爛漫之音。」

此亦厭薄南朝香豔文學之表示也。

在楊炯所作王子安集序內，尚可見出唐初文學上一種趨勢，即前所云逐漸解放，逐漸走入自然一途。其言曰：

「洎乎潘陸奮發，孫許相因，繼之以顏謝，申之以江鮑，梁魏羣材，周隋衆制，或苟求蟲篆，未盡力於丘墳；或獨狥波瀾，不尋源於禮樂；會時沿革，循名抑揚，多守律以自全，罕非常而制物。其有飛馳倏忽，倜儻紛綸，鼓動包四海之名，變化成一家之體，蹈前賢之未識，探先聖之不言。……能使六合殊材，並推心於意匠，八方好事，感受氣於文樞，孰能致於此乎？」

唐代有此種趨勢之原因，胡適之先生以爲古代自然主義之哲學家（即「道家」），與佛教思想之精彩部分相結合，成爲禪宗運動；此時已經成熟，成功宗教革命。其運動潮流震蕩全國，故文學美術皆受其影響。（白話文學史頁二六四）

抑余以爲尚有一重大之本身原因，即南北朝之由分而合也：大凡一種學說，一種學派統一之後，則思想界文學界漸流於保守。及至有他種學說，他種學派侵入，則思想界文學界受其鼓蕩，受其刺激，由懷疑而漸趨解放。此例甚多，如魏晉因佛教而解放，現今因西學而解放，皆其顯例。唐代，南北統一，南人知南歌之外有北歌，北人知北歌之外有南歌，厭舊喜新，調和糅混，自然趨於解放，趨於自然主義矣。

此下列舉四傑之樂府歌辭，以作例證：

前言四傑所作，不盡似南朝之綺麗香豔一派，乃謂不盡為豔體，非謂無豔體。王勃樂府，有採蓮曲，臨高臺，江南弄，銅雀妓諸篇，其歌詠對象，仍多男女之情；然於綺麗之中，有蒼涼之美。如採蓮曲：

採蓮歸，綠水芙蓉衣。秋風起浪鳧鴈飛。

桂棹蘭橈下長浦，羅裙玉腕輕搖櫓。葉嶼花潭極望平，江謳越吹相思苦！佳期不可駐！塞外征夫猶未還，江南採蓮今已暮。

採蓮花今渠（此依樂府，集作渠今），那必盡倡家？官道城南把桑葉，何如江上採蓮花？

蓮花復蓮花，花葉何稠疊？葉翠本羞眉，花紅强如頰。佳人不在茲，悵望別離時。牽花憐共耕，折翻愛蒲綠。故情無處所，新物徒華滋。不惜南津交佩解，還羞北海雁書遲。

採蓮歌有節，採蓮夜未歇。正逢浩蕩江上風，又値徘徊江上月。

蓮浦夜相逢，吳姬越女何丰茸！共問寒江千里外，征客關山路幾重？

胡適之先生謂唐初往往用律詩體作樂府，讀王勃樂府，知不盡然。楊炯樂府，則泰半爲律體矣。裴行儉非薄勃等，於楊炯尙少嘉許，謂「楊子頗沈默」（見新唐書裴行儉傳）蓋四傑之中，楊炯性格與彼等少異，故其詩歌尤爲豪爽。張遜業稱其：「工緻而得明澹之旨，沈宋肩偕，開元諸人去其纖穢，蓋啓之也。」（楊炯集序，見四部叢刊本楊盈川集附錄。）

從軍行

烽火照西京，心中自不平；牙璋辭鳳闕，鐵騎遶龍城。雪暗凋旗畫，風多雜鼓聲。寧爲百夫長，勝作一書生。

紫騮馬

俠客重周游，金鞭控紫騮，蛇弓白羽箭，鶴轡赤茸鞦。發跡來南海，長鳴向北州。匈奴今未滅，畫地取封侯。

舊唐書文苑傳載楊烱聞人稱王楊盧駱爲四傑，謂人曰：『吾愧在盧前，恥居王後。』朝野僉載曰：『楊之爲文，好以古人姓名連用，如「張平子之畧談，陸士衡之所記，潘安仁宜其陋矣，仲長統何足知之？」時人號爲「點鬼簿」。駱賓王文好以數對，如「秦地重關一百二，漢家離宮三十六。」時人號爲「算博士」。如盧生之文，時人莫能評其得失矣。』此言雖近似故事，然頗可玩味。即以樂府而論，照鄰所作，確爲以平淡無奇之字，寫天地自然之文，不堆砌典故，不勉强對仗。如行路難：

君不見，長安城北渭橋邊，枯木橫槎臥古田！昔日含紅復含紫，常時留霧亦留煙。

春景春風花似雪，香車玉轝恒闐咽。若個遊人不競攀，若個娼家不來折？

娼家寶袜蛟龍帔，公子銀鞍千萬騎。黃鶯一一向花嬌，靑鳥雙雙將子戲。千尺長條百尺枝，月桂星榆相蔽虧。珊瑚葉上鴛鴦鳥，鳳凰巢裏雛鵷兒。巢傾枝折鳳歸去，條枯葉落任風吹。——一朝憔悴無人問，萬古摧殘君詎知？

人生富貴無終始，倏忽須臾難久恃，誰家能駐西山日？誰家能堰東流水？

漢家陵樹滿秦川，行來行去盡哀憐！自昔公卿二千石，咸擬榮華一萬年；不見朱唇與玉貌，惟聞青棘與黃泉！金貂有時須換酒，玉麈恆搖莫計錢！

寄言坐客神仙署，一生一死交情處。蒼龍闕下君不留，白鶴山頭我應去。

雲間海上邈難期，赤心會兮在何時？——但願堯年一百萬，長作巢由也不辭！

古人謂蘇軾文，如雪花滾地，讀之令人心開目明。吾於照鄰樂府亦云。古體如此，律體亦莫不如此。如芳樹：

芳樹本多奇，年華復在茲。結翠成新幄，開紅滿故枝。風歸花歷亂，日度影參差。容色朝朝落，思君，君不知！

駱賓王樂府詞極少，文集唯載棹歌行，王昭君二首。

棹歌行

寫月圖黃罷，凌波拾翠通；鏡花搖芰日，衣麝入荷風。葉落舟難蕩，蓮疎浦易空。鳳媒羞自託，鴛翼恨難窮。秋帳燈光翠，倡樓粉色紅。相思無別曲，併在棹歌中。

胡適之謂唐初人多以律詩體作樂府，所言亦不盡誤。此派代表，當推沈宋。

沈佺期，字雲卿，相州內黃人。宋之問，字延清，一名少連，汾州人。二人皆媚事張易之等，姦諂無行。新唐書文藝傳中言之問「至爲易之奉溺器。」舊唐書文苑傳中言佺期「與宋之問齊名，時人稱爲沈宋。」言之問「弱冠知名，尤善五言詩。」新唐書文藝傳中曰：

「魏建安後，迄江左，詩律屢變。至沈約庾信以音韻相婉附，屬對精密。及之問沈佺期又加靡麗，回忌聲病，約句準篇，如錦繡成文。學者宗之，號爲沈宋。語曰：「蘇李居前，沈宋比肩。」

二人承沈庾之緒，變本加厲，益究聲病，入於魔道；由是竟以其「魔道文學」作樂府詞矣。

銅雀妓

昔年分鼎地，今日望陵臺。一旦雄圖盡，千秋遺令開。綺羅君不見，歌舞妾空來！恩共漳河水，東流無重廻！

芳樹

何地早芳菲，宛在長門殿。夭桃色若綬，穠李光如練。啼鳥弄花疏，遊蠭飲香徧。歎息春風起，飄零君不見！

以上沈佺期作。

江南曲

妾住越城南，離居不自堪。採花驚曙鳥，摘葉餧春蠶；懶結茱萸帶，愁安玳瑁簪。待君消瘦盡，日暮碧江潭。

以上宋之問作。工整確合美術條件，然必求對仗，必講聲病，則必有至於犧牲意境，摧殘性靈者。且虛必對實，平必對仄，不合自然音韻，必有至於牽強附會者。沈氏芳樹一首，以「疏」對「徧」，論虛實平仄，固極調諧。然「遊蠭飲香徧」，猶可言也，「啼鳥弄花疏」，則眞費解而無意矣。

宋集有樂府詞一首，雖通篇七言，然非律詩體，其意悽惋，其詞流利，尤爲有性靈之可歌可泣文字；其名曰有所思

洛陽城東桃李花，飛來飛去落誰家？洛陽女兒好顏色，坐見落花長歎息。今年花落顏色改，明年花開復誰在！已見松柏摧爲薪，更聞桑田變成海！

古人無復洛城東，今人還對落花風；年年歲歲花相似，歲歲年年人不同！寄言全盛紅顏子，須憐半死白頭翁！

此翁白頭眞可憐！伊昔紅顏美少年；公子王孫芳樹下，清歌妙舞落花前；光祿池臺交錦繡，將軍樓閣畫神仙。——一朝臥病無相識，三春行樂在誰邊！

婉轉蛾眉能幾時？須臾鶴髮亂如絲！但看古來歌舞地，唯有黃昏鳥雀飛！

此詞決不似究極「回忌聲病」之宋之問作。唐詩記事卷十三引唐新語曰：「劉希夷，一名庭之，汝州人。少有文華，好爲宮體詩，詞旨悲苦，不爲時人所重。善彈琵琶，嘗爲白頭翁詠云：「今年花落顏色改，明年花開復誰在！」既而自悔曰：「我此詩讖與石崇『白首同所歸』何異？」乃更作一聯云：

「年年歲歲花相似，歲歲年年人不同。」既而又歎曰：「此句復仍似向讖矣。然生死有命，豈復由此？」即兩存之。詩成未周歲，爲姦所殺。或云：「宋之問害之。」原注「或云之問害希夷而以洛陽篇爲己作，至今載此篇在之問集中。」（全唐詩話卷一亦載之）

此言余頗信之，之問姦邪無行，爲此等事非不可能。且其詞旨意境，與「不爲時人所重」之劉希夷相類，與之問則絕不類。全唐詩第二函第三册（同文石印本）有希夷詩一卷，其風俗與此全同，可爲旁證。茲舉公子行一首於下，比並以觀，可以知矣。

天津橋下陽春水，天津橋上繁華子。馬聲迴合青雲外，人影動搖綠波裏。綠波蕩漾玉爲砂，青雲離披錦作霞。可憐楊柳傷心樹，可憐桃李斷腸花。此日遨遨邀美女，此時歌舞入娼家。娼家美女鬱金香，飛來飛去公子傍。的的珠簾白日映，娥娥玉顏紅粉妝。花際徘徊雙蛺蝶，池邊顧步兩鴛鴦。古來容光人所羨，況復今日途相見。願作輕羅著細腰，願爲明鏡分嬌面。與君相向轉相親，與君雙棲共一身。願作貞松千歲古，誰論芳槿一時新？百年同謝西山日，千秋萬古北邙塵。

玄宗時，樂府詞壇有一怪傑，曰高適。適字達夫，滄州人。舊唐書謂少不事生產，客梁宋，以求丐取給。唐詩紀事二十三引商璠曰：『適性落拓，不拘小節，恥預常科，隱跡博徒，才名自遠。』適自述亦曰：『自從別京華，我心乃蕭索。十載守章句，萬事空寥落。北上登薊門，茫茫見沙漠；依劍對風塵，慨然思衞霍。拂衣去燕趙，驅馬悵不樂。天長滄州路，日暮邯鄲郭；酒肆或淹留，漁潭屢棲泊。』（淇上酬薛三椽兼寄郭少府）則亦落拓不羈之高等流氓也。舉有道科，哥舒翰表爲西河從事，佐翰守潼關。玄宗西幸，適及於河池，遷侍御史。後官至淮南節度使，西川節度使。永泰元年（七六五）卒。

舊唐書，唐詩紀事並言適年五十始爲詩，『數年之間，體格漸變，以氣質自高。每吟一篇，已爲好事者傳誦。』胡適之引其詩中有『年過四十尚躬耕」（按留別鄭三章九兼寄洛下諸公語）之句，證明五十始爲詩之說不確。

高適自稱所爲詩詞，謂『伊余寡棲託，感激多慍見。』（酬別薛三蔡大留簡韓十四主簿）又曰：『縱橫建安作。』（淇上酬薛三椽兼寄郭少府）適詩，——尤以樂府詩詞，滄涼悲壯，奔放恣縱，確有曹瞞『橫槊賦詩』之概。唐代樂府新詞，得高適，確能增色不少。

燕歌行

漢家煙塵在東北，漢將辭家破殘賊。男兒本自重橫行，天子非常賜顏色。
摐金伐鼓下榆關，旌旆逶迤碣石間；校尉羽書飛瀚海，單于獵火照狼山。
山川蕭條極邊土，胡騎憑陵雜風雨。戰士軍前半死生，美人帳下猶歌舞！
大漠窮秋草木腓，孤城落日鬬兵稀。身當恩遇常輕敵，力盡關山未解圍。
鐵衣遠戍辛勤久，玉筯應啼別離後；少婦城南欲斷腸，征人薊北空回首！
邊庭飄飄那不度，絕域蒼茫無所有。殺氣三時作陣雲，寒聲一夜傳刁斗。
相看白刃雪紛紛，死節從來豈顧勳？——君不見，沙場征戰苦，至今猶憶李將軍！

原有序曰：「開元二十六年，客有從元戎出塞而還者，作燕歌行以示適，感征戍之事，因而和焉。」

古大梁行

古城莽蒼饒荊榛，驅馬荒城愁殺人！魏王宮觀盡禾黍，信陵賓客隨灰塵。憶昨雄都舊朝市，軒車照耀歌鐘起。（鐘，四部叢刊本高常侍集作鍾，以意改。）軍容帶甲三十萬，國步連營五千里。

全盛須臾那可論！高臺曲池無復存；遺墟但見狐狸迹，古地空餘草木根！

暮天搖落傷懷抱，撫劍悲歌對秋草。俠客猶傳朱亥名，行人尚識夷門道。

白璧黃金萬戶侯，寶刀駿馬填山丘；年代淒涼不可問，往來唯見水東流！

漁父歌

曲岸深潭一山叟，駐眼看鈎不移手。世人欲得知姓名，良久問他不開口。笋皮笠子荷葉衣，心無所營守釣磯。料得孤舟無定止，日暮持竿何處歸？

營州歌

營州少年愛原野，狐裘蒙茸獵城下。虜酒千鍾不醉人，胡兒十歲能騎馬。

觀適此等樂府詞，知唐代詞壇風氣，漸洗萎靡，脂粉，繁縟之習，走向振拔，質直，伉爽之途，此受建安及北朝之影響也。南朝惟一鮑照，能自振於流俗，故唐人亦每樂道之。胡適之謂高適最得力于鮑照，其實何止高適，唐代詩人得力于照者固甚多，——然謂全出鮑照則不然，建安及北朝之歌，皆彼等所取法也。

世人嘗稱王孟，然孟浩然雖以詩名家，而樂府辭極少。王維則妙解音樂。舊唐書一百九十下言：

「人有奏樂圖，不知其名。維視之曰，「霓裳第一疊第一折也。」好樂者集樂工按之，一無差，咸服其精思。」

惟其妙解音樂，故喜爲樂府詞。舊唐書謂代宗言「當於諸王座聞其樂章」，則其樂府詞早已蜚聲當代矣。

維，字摩詰，太原祁人。開元九年（七二一）進士，歷右拾遺，監察御史，左補闕庫部郎中。天寶末爲給事中，安祿山陷兩都，沒於賊。賊平，授太子中允。肅宗乾元中，遷太子中庶子，中書舍人，復拜給事中，轉尙書右丞。

維以大詩人兼大畫家，且酷喜佛經，其名維字摩詰，卽取維摩詰經之意也。舊唐書言維：

『奉佛，居常蔬食，不茹葷血。晚年，長齋，不衣文綵。得宋之問藍田別墅，在輞口；輞川周於舍下，別漲竹洲花塢。與道友裴迪浮舟往來，彈琴賦詩，嘯詠終日。嘗聚其田園所爲詩，號輞川集。在京師，日飯十數名僧，以玄譚爲樂。齋中無所有，唯茶鐺，藥臼，經案，繩床而已。退朝之後，焚香獨坐，以禪誦爲事。妻亡不再娶，三十年孤居一室，屛絕塵累。乾元二年（七五八）七月卒。』

觀此及維所作山中與裴迪秀才書，知其襟懷曠逸，愛好自然。故其詩詞樂章多歌詠自然者，爲千古之田園文學家。雖然，北歌化之豪爽文學，豪爽樂府。歌詞，在當時已成爲潮流。王維雖愛禪靜，喜自然，而此種瀰滿全國之大潮流，亦無法躲避，無法不受其影響。故其詩詞，——尤以樂府詩詞，時見動的征戰文學，非祇靜的田園文學。

隴頭吟

長城少年遊俠客，夜上戍樓看太白；隴頭明月迥臨關，隴上行人夜吹笛。關西老將不勝愁，駐馬聽之雙淚流；身經大小百餘戰，麾下偏裨萬戶侯；蘇武纔爲典屬國，節旄空盡海西頭。

老將行

少年十五二十時，步行奪取胡馬騎。射殺山中白額虎，肯數鄴下黃鬚兒！一身轉戰三千里，一劍曾當百萬師。漢兵奮迅如霹靂，虜騎崩騰畏蒺藜。衛青不敗由天幸，李廣無功緣數奇。

自從棄置便衰朽，世事蹉跎成白首。昔時飛箭無全目，今日垂楊生左肘。路傍時賣故侯瓜，門前學種先生柳。茫茫古木連窮巷，遼落寒山對虛牖。——誓令疏勒出飛泉，不似潁川空使酒。

賀蘭山下陣如雲，羽檄交馳日夕聞。節使山河募年少，詔書五道出將軍。試拂鐵衣如雪色，聊持寶劍動星文。願得燕弓射天將，恥令胡馬鳴吳軍。莫嫌舊日雲中守，猶堪一戰立功勳。

渭城曲（亦稱陽關曲）

渭城朝雨浥輕塵，客舍青青柳色新。勸君更進一杯酒，西出陽關無故人！

然亦有旖旎風光，畧似南朝樂歌者，如早春行，洛陽女兒行。

洛陽女兒行

洛陽女兒對門居，纔可顏容十五餘。良人玉勒乘驄馬，侍女金盤膾鯉魚。
畫閣朱樓盡相望，紅桃綠柳垂簷向；羅帷送上七香車，寶扇迎歸九華帳。
狂夫富貴在青春，意氣驕奢劇季倫；自憐碧玉親教舞，不惜珊瑚持與人。
春窗曙滅九微火，九微片片飛花璅。戲罷曾無理曲時，粧成祇是薰香坐！

城中相識盡繁華，日夜經過趙李家。——誰家越女顏如玉，貧賤江頭自浣紗。

原注云：「時年十八。」（胡適之謂年十六，不知何本。此據四部叢刊影須溪校本王右丞集。）又有桃源行，李陵歌，並注云「時年十九。」又有題友人雲母幛子，過秦皇墓，並注云：「時年十五。」知維未弱冠卽能歌詩，又知幼年喜作樂府。其樂府或似北歌，或似南曲，確爲南北統一後之文學。及晚年始好閒靜爲田園詩，當俟詩編再詳述云。

此時有一「語奇體峻」（唐詩紀事二十三引商璠評語）之樂府詞人，曰岑參，「當天寶，與杜子美並世，子美數與倡酬，比之謝朓，」（楊愼新刻岑嘉州集序）而唐書無傳。據杜確所作岑嘉州集序及唐詩紀事二十三，知爲南陽人。早歲孤貧，能自砥礪，徧覽史籍，尤工綴文，每一篇絕筆，則人人傳寫，雖閭里士庶戎夷蠻貊，莫不諷誦吟習。天寶三年（七四四），進士高第。天寶末，至德初，任大理評事，攝監察御史，領伊西北庭度支副史，（

此條據本集優鉢羅花歌幷序補）杜甫荐參「識度清遠，議論雅正。」入爲祠功二外郎，虞庫二正郎，出爲嘉州刺史。後入蜀依杜鴻漸，即死於蜀。參亦飽經變故，險阻備嘗之詩人，客舍悲秋有懷兩省舊遊呈幕中諸公曰：

『三度爲郎使白頭，一從出守五經秋。莫言聖主長不用，其那蒼生應未休。人間歲月如流水，客舍秋風今又起。不知心事向誰論，江上蟬鳴空滿耳。』

唯其如此，所以發爲樂歌，多駿偉激壯，發人猛醒之音。例不勝舉，畧舉一二。

韋員外家花樹歌

今年花似去年好，去年人到今年老，始知人老不如花，可惜落花君莫掃！君家兄弟不可當，列卿御史尚書郎。朝回花底恒會客，花撲玉缸春酒香。

白雪歌送武判官歸京

北風捲地白草折，胡天八月即飛雪。忽如一夜春風來，千樹萬樹梨花開。散入珠簾濕羅幕，狐裘不暖錦衾薄。將軍角弓不得控，都護鐵衣冷難著。

瀚海闌干百尺冰，愁雲慘淡萬里凝。中軍置酒飲歸客，胡琴琵琶與羌笛。紛紛暮雪下轅門，風掣紅旗凍不翻。

輪臺東門送君去，去時雪滿天山路，山迴路轉不見君，雪上空留馬行處！

走馬川行奉送出師西征

君不見走馬川行雪海邊，平沙莽莽黃入天！輪台九月風夜吼，一川碎石大如斗，隨風滿地石亂走。匈奴草黃馬正肥，金山西見煙塵飛，漢家大將西出師。將軍金甲夜不脫，半夜軍行戈相撥，風頭如刀面如割。馬尾帶雪汗氣蒸，五花連錢旋作冰，幕中草檄硯水凝。虜騎聞之應膽懾，料知短兵不敢接，車師西門佇獻捷。

此首三句一轉，於古未見，蓋岑參創體也。自有此體，能使詩歌之形式與內容，益加豐富。亦文學史上所當特書者也。

胡笳歌送顏眞卿赴河隴

君不聞胡笳聲最悲，紫髯綠眼胡人吹！吹之一曲猶未了，愁殺樓蘭征戍兒。涼秋八月蕭關道，北風吹斷天山草。崑崙山南月欲斜，胡人向月吹胡笳。胡笳悲兮將送君，秦山遙望隴山雲。邊城夜夜多愁夢，向月胡笳誰喜聞！

杜確岑嘉州集序曰：「梁簡文帝及庾肩吾之屬，始爲輕浮綺靡之詞，名曰宮體。自後沿襲，務於妖艷，謂之播錦布繡焉。……聖唐受命，斲雕爲樸，開元之際，王綱復舉，淺薄之風，茲焉漸革。其時作者凡十數輩，頗能以雅參麗，以古雜今，彬彬然燦燦然近建安之遺範矣。南陽岑公，聲稱老著。」

此言甚是。唐初文學事業，即在滌除宋齊梁陳妖冶頹靡之風，漸入質樸振作之域。其佳處，即在『以雅參麗，以古雜今。』雅訓常，即以習常之字，參入富麗之文，取法古代之作，別製現今之詞，其能於仿古之中，寓革新之美者，端在於此。即以岑詞而論，如云『一川碎石大如斗，隨風滿地石亂走。』如云『萬物翻覆如浮雲，昔人空在今人口。』（梁園歌送河南王說判官）如云『虜塞兵氣連雲屯，戰場白骨纏草根。』（輪臺歌奉送封大夫出師西征）皆極質俗，近似語體，其所以能有生氣有意境者在此，其所以『閭里士庶戎夷蠻貊，莫不諷誦』者亦在此。時人獨欣賞其律詩，謂『擬於吳均何遜」（亦見杜確序）斯亦可謂盲目者矣。

崔顥，有俊才，無士行，好蒱博飲酒。及遊京師，娶妻擇有貌者，稍不愜意卽去之，前後數四。（據舊唐書一九〇下）唐詩紀事二十一引殷璠曰：

「顥少年爲詩，屬意浮豔，多陷輕薄，晚歲忽變常體，風骨凜然。如「殺人遼水上，走馬漁陽歸；錯落金鏁甲，蒙茸貂鼠衣。」（遊俠篇，一作古遊俠呈軍中諸將）又「秋風吹淺草，獵騎何翩翩；插羽兩相顧，鳴弓新上弦。」（贈王威古）鮑照江淹，須有慚色。」

顥嘗爲黃鶴樓詩云：

昔人已乘白雲去，此地空餘黃鶴樓；黃鶴一去不復返，白雲千載空悠悠。晴川歷歷漢陽樹，春草凄凄鸚鵡洲。日暮鄉關何處是？煙波江上使人愁。

世傳李白至黃鶴樓，欲題詩，覩顥作，度無以勝之，恨極爲一打油詩，詞云：

一拳打破黃鶴樓，一腳踢碎鸚鵡洲！眼前有景道不得，崔顥題詩在上頭！

此事近於滑稽，諒非事實，但卽此可知題詩之見重於士林也。全唐詩話八引李賓之云：

「律可間出古意，古不可涉律。……如崔顥「黃鶴一去不復返，白雲千載空悠悠。」乃律間出古，要自不厭。」

嚴羽謂「唐人七言律詩，當以黃鶴樓爲第一」，倘以此歟？考題律詩之所以能間出古意，不爲律所縛者，蓋出於樂府，初唐盛唐詩人，率先爲樂府，然後以樂府爲詩。樂府在漢魏雖有曲調，而至唐代則久已亡佚，故唐人爲樂府，不過效法歌詞，並不能依照樂府曲譜。此在音樂上固爲莫大遺憾，當時人亦容有一部份認爲闕望。而其樂府詞之所以能放異彩，則多賴於此；以不論古樂府調，祇論古樂府詞，固爲極自然，極解放之文學。寢饋於此等文學，則自己發抒之歌詞，亦易走入極自然，極解放一途。以故初盛唐人，其樂府新詞固極自然，極解放。其詩亦多自然，解放之作。中唐以後，樂府淪亡，詩人無樂府之根基，遂逐漸走入工整雕琢之路矣。

崔顥樂府有兩種境界，一爲少年所作之豔體樂府，一爲晚年所作之英雄樂府。二者各舉一二：

盧姬篇

盧姬少小魏王家，綠鬢紅脣桃李花。魏王綺樓十二重，水晶簾箔繡芙蓉。白玉欄干金作柱，樓上朝朝學歌舞。前堂後堂羅袖人，南窗北窗花發春。翠幌珠簾鬭絲管，一彈一奏雲欲斷。君王日晚下朝歸，鳴環佩玉生光輝。——人生今日得嬌貴，誰道盧姬身細微？

長干曲四首

『君家何處住？』『妾住在橫塘。』停船暫相問，或恐是同鄉？

家臨九江水，來去九江側。同是長干人，自小不相識。

下渚多風浪，蓮舟漸覺稀。那能不相待，獨自逆潮歸。

三江潮水急，五湖風浪湧。由來花性輕，莫畏蓮舟重。

古意（一作王家少婦）

十五嫁王昌，盈盈入畫堂；自矜年最少，復倚婿爲郎。舞愛前谿綠，歌憐子夜長；閑來鬭百草，度日不成妝。

唐詩紀事二十一言「初李邕叱其名，虛舍待之。顥至，獻詩，首章云：『十五嫁王昌。』邕叱曰：『小兒無禮！』不與接而去。」據此，知前謂唐代漸厭浮豔文學爲不誤也。

遊俠篇

少年負膽氣，好勇復知機，仗劍出門去，孤城逢合圍。殺人遼水上，走馬漁陽歸。錯落金鎖甲，蒙茸貂鼠衣。還家行且獵，弓矢速如飛。地迥鷹犬疾，草深狐兔肥。腰間帶兩綬，轉盼生光輝。顧謂今日戰，何如隋建威？

鴈門胡人歌

高山代郡東接燕，鴈門胡人家近邊。解放胡鷹逐塞鳥，能將代馬獵秋田。山頭野火寒多燒，雨裏孤峯濕作烟。聞道遼西無鬭戰，時時醉向酒家眠。

人之性格，隨年歲而有所變遷，故作品亦每隨年歲而不同。然崔顥所作樂府歌詞，少年與晚年截然不同者，與自身年歲之關係似乎甚小，與當時風尚之關係似乎較大。人不能離時代而獨立，即不能不受時代之影響。崔顥幼時少更事故，其作品完全表現先天之性格。及漸與世接，受社會之薰陶與刺激，由是性格漸變，而表現之作品亦隨之而異。由此可知潮流之足以移人，而唐代之文學潮流，亦可以推想矣。

舊唐書一百九十下言：「開元天寶間，文士知名者，汴州崔顥，京兆王昌齡高適，（本書高適傳作渤海蓨人，唐詩紀事作滄州人，蓨卽滄州，此曰京兆，未悉何故。）襄陽孟浩然。」高崔已見前，孟無樂府，茲述王昌齡。

王昌齡，登進士第，補祕書省校書郎。又以博學宏詞登科，再遷汜水縣尉。舊唐書一百九十下言：「不護細行，屢見斥，卒。」唐詩紀事二十四亦言：「不護細行，還鄉里，爲刺史閭丘曉所殺。」史稱其作品，「緒微而思清。」其自序言：

『卷舒形性表，脫略賢哲議。』（緱氏尉沈興宗置酒南谿留贈）

又曰：

『知我滄溟心，脫略腐儒輩。』（宿灞上寄侍御璵弟）

知昌齡亦一意孤往，我行我是之詩人。今選其樂府詞數首：

箜篌引

盧谿郡南夜泊舟，夜聞兩岸羌戎謳。其時夜黑猿啾啾，微雨霑衣令人愁。有一遷客登高樓，不言不寐彈箜篌。彈作薊門桑葉秋，風沙颯颯青塚頭。將軍鐵驄汗血流，深入匈奴戰未休。黃旗一點兵馬收，亂殺胡人積如丘。瘡病驅來配邊州，仍披漠北羔羊裘；顏色飢枯掩面羞，眼眶淚滴深兩眸。思還本鄉食犛牛，欲語不得指咽喉。或有强壯能咿嚘，意說被他邊將讎。五世屬藩漢主留，碧毛氈帳河曲遊。橐駝五萬部落稠，勅賜飛鳳金兜鍪。為君百戰如過籌，靜掃陰山無鳥投。家藏鐵券特承優，黃金千斤不稱求。九族分離作楚囚，深谿寂寞弦苦幽。草木悲感聲颼飀。僕本東山為國憂，明光殿前論九疇，簏讀兵書盡冥搜，為君掌上施權謀，洞曉山川無與儔。紫宸詔發遠懷柔，搖筆飛霜如奪鉤，神鬼不得知其由。

憐愛蒼生如蚍蜉，朔河屯兵須漸抽。諕遣降來拜御溝，便令海內休干矛，何用班超定遠侯，史臣書之得已不？

昌齡樂府詞，長歌尙非所長，所長者似爲絕句短歌。如從軍行（七首錄三）：

烽火城西百尺樓，黃昏獨坐海風秋，更吹羌笛關山月，無那金閨萬里愁！

琵琶起舞換新聲，總是關山舊別情，撩亂邊愁聽不盡，高高秋月照長城。

青海長雲照雪山，孤城遙望玉門關；黃沙百戰穿金甲，不破樓蘭終不還。

如出塞（二首錄一）：

秦時明月漢時關，萬里長征人未還。但使龍城飛將在，不敎胡馬度陰山。

其短歌不止歌詠邊荒歸思，亦有歌詠風情月色者。如採蓮曲二首：

吳姬越豔楚王妃，爭弄蓮舟水濕衣。來時浦口花迎入，采罷江頭月送歸。

荷葉羅裙一色裁，芙蓉向臉兩邊開。亂入池中看不見，聞歌始覺有人來。

如閨怨：

閨中少婦不知愁，春日凝妝上翠樓；忽見陌頭楊柳色，悔教夫壻覓封侯。

他如殿前曲二首，春宮曲一首，西宮春怨一首，西宮秋怨一首，長信宮詞五首，青樓曲二首，青樓怨一首，浣紗女一首，……皆綺麗纖妙之歌，所謂「緒微而思清」者，殆指此歟？

李白斗酒詩百篇，長安市上酒家眠，
天子呼來不上船，自稱臣是酒中仙。
杜甫飲中八仙歌

世人李杜並稱，其實二人截然不同：杜甫是「人」，其思想文藝是「人的」思想，「人的」文藝。李白是「仙」，其思想文藝是「仙的」思想，「仙的」文藝。所以胡適之曰：『杜甫是我們的詩人，而李白則終是「天上謫仙人」而已。』

李白眞是仙人，其里居姓氏，皆鑄成神話，難求信史。舊唐書文苑傳下，唐詩紀事十六引南部新書並言山東人，李陽冰唐翰林李太白詩序言隴西成紀人，劉全白唐翰林李君碣記言廣漢人，曾鞏李太白集後序言蜀郡人。陽冰爲白之友人，（其序言：「公又疾，亟草藁萬卷，手集未修，枕上授簡，俾余爲序論。」）所言當比較可據。且白與韓荆州書亦曰：「白隴西布衣，」知以隴西人爲是。

其字亦有神話。李陽冰序言：「驚姜之夕，長庚入夢，故生而名白，以太白字之。世稱太白之精，得之矣。」

凡此皆足以證明李白之才情超軼，故幾變爲神話中之仙人。李序謂「其言多似天仙之辭。」舊唐書文苑傳下言：「賀知章見白賞之，曰，「此天上謫仙人也。」」

舊唐書又言：「少有逸才，志氣宏放，飄然有超世之心。……少與魯中諸生孔巢父韓沔裴政張叔明陶沔等，隱於徂徠山，酣歌縱酒，時號「竹谿六逸」。天寶初，客遊會稽，與道士吳筠隱於剡中，既嗜酒，日與飲徒醉於酒肆。玄宗欲造樂府新詞，亟召白，白已臥於酒肆矣。召入，以酒洒面，即令秉筆，頃之成十餘章。帝頗嘉之。嘗沈醉殿上，引足令高力士脫靴。由是斥去。乃浪迹江湖，日沈飲。時侍御史崔宗之謫官金陵，與白詩酒唱和。嘗月夜乘舟，自采石達金陵，白衣宮錦袍，於舟中顧瞻笑傲，傍若無人。」

李序言：『天寶中，皇祖下詔徵就，金馬降輦步迎，如見綺皓，以七寶床賜食，御手調羹以飯之。』

樂史李翰林別集序言：『開元中，禁中初種木芍藥，即今牡丹也，得四本，紅紫淺紅通白者，上因移植於興慶池東，沈香亭前。會花方繁開，上乘照夜車，太眞妃以步輦從。詔選梨園子弟中尤者，得樂十六色。李龜年以歌擅一時之名，手捧檀板，押衆樂前，將欲歌之，上曰：「賞名花，對妃子，焉用舊樂。」辭焉。遽命龜年持金花牋，宣賜翰林供奉，李白立進清平調辭三章。白欣然承詔旨，由若宿醒未解，因援筆賦之。其一曰：

雲想衣裳花想容，春風拂檻露華濃，若非羣玉山頭見，會向瑤台月下逢。

其二曰：

一枝紅豔露凝香，雲雨巫山枉斷腸；借問漢宮誰得似，可憐飛燕倚新粧！

其三曰：

名花傾國兩相歡，長得君王帶笑看，解釋春風無限恨，沈香亭北倚闌干。

龜年以歌辭進，主命梨園子弟畧約調撫絲竹，遂促龜年以歌之。太眞妃持頗梨七寶杯，酌西凉州蒲萄酒，笑領歌辭，意甚厚。上因調玉笛以倚曲。每曲徧將換，則遲其聲以媚之。太眞妃飲罷，斂繡巾重拜。」

樂府至李白，其境界益加豐富。有遊仙詩，如古有所思行，鳳笙篇，飛龍引，懷仙歌，玉眞仙人詞，元丹丘歌。

飛龍引二首之一

鼎湖流水清且閑，軒轅去時有弓劍。古人傳道留其間。後宮嬋娟多花顏，乘鸞飛煙亦不還，騎龍攀天造天關。造天關，聞天語，長雲河車載玉女。載玉女，過紫皇，紫皇乃賜白兎所擣之藥方，——後天而老凋三光。下視瑤池見王母，蛾眉蕭颯如秋霜。

有詠史詩，如中山孺子歌，仙人勸酒，白頭吟。

白頭吟

錦水東北流，波蕩雙鴛鴦；雄巢漢宮樹，雌弄秦草芳，寧同萬死碎綺翼，不忍雲間兩分張。

此時阿嬌正嬌妒，獨坐長門愁日暮，但願君恩如妾深，豈惜黃金負詞賦？

相如作賦得黃金，丈夫好新多異心，一朝將聘茂陵女，文君因贈白頭吟。——東流不作西歸水，落花辭條羞故林。

兎絲固無情，隨風任傾倒，誰使女蘿枝，而來强縈抱！兩草猶一心，人心不如草！

莫捲龍鬚席，從他生網絲；且留琥珀枕，或有夢來時！

覆水再收豈滿杯？棄妾已去無重迴。——古來得意不相負，祇今惟見靑陵台。

有弔古詩，如金陵歌送別范宣。

石頭巉巖如虎踞，凌波欲過蒼江去，鍾山龍盤走勢來，秀色橫分歷陽樹。

四十餘帝三百秋，功名事蹟隨東流。白馬小兒誰家子，泰淸之歲來關囚。

金陵昔時何壯哉！席捲英豪天下來；冠蓋散爲煙霧盡，金輿玉座成寒灰。扣劍悲吟空咄嗟，梁陳白骨亂如麻；天子龍沈景陽井，誰歌玉樹後庭花？此地傷心不能道，目下離離長春草。送爾長江萬里心，他年來訪南山老。

有情歌，如楊叛兒，雙燕離，久離別，採蓮曲，長干行，獨不見，白紵篇陌上桑，擣衣篇。

採蓮曲

若耶谿傍採蓮女，笑隔荷花共人語；日照新妝水底明，風飄香袂空中舉。

岸上誰家遊冶郎，三三五五映垂楊；紫騮嘶入落花去，見此踟躕空斷腸。

長干行二首之一

妾髮初覆額，折花門前劇；郎騎竹馬來，遶床弄青梅；同居長干里，兩小無嫌猜。

十四爲君婦，羞顏未嘗開；低頭向暗壁，千喚不一迴。

十五始展眉，願同塵與灰。常存抱柱信，豈上望夫台？

十六君遠行，瞿塘灩澦堆；五月不可觸，猿聲天上哀。門前遲行跡，一一生綠苔。苔深不可掃，落葉秋風早。八月蝴蝶來，雙飛西園草。感此傷妾心，坐愁紅顏老。

早晚下三巴，預將書報家。相迎不道遠，直至長風沙。

有英雄詩，如臨江王節士歌，司馬將軍歌，扶風豪士歌。

司馬將軍歌

狂風吹古月，竊弄章華台，北落明星動光彩。南征猛將如雲雷，手中電擊倚天劍，直斬長鯨海水開。

我見樓船壯心目，頗似龍驤下三蜀。揚兵習戰張虎旗，江中白浪如銀屋。

身居玉帳臨河魁，紫髯若戟冠崔嵬。細柳開營揖天子，始知灞上爲嬰孩。

羌笛橫吹阿嚲迴，向月樓中吹落梅。將軍自起舞長劍，壯士呼聲動九垓。

功成獻凱見明主，丹青畫像麒麟台。

有凱旋歌，如出自薊北門行。

虜陣橫北荒，胡星耀精芒，羽書速驚電，烽火晝連光。虎行投邊急，戎車森已行。

明主不安席，按劍心飛揚，推轂出猛將，連旗登戰場。兵威衝絕漠，殺氣凌穹蒼。列卒赤山下，開營紫塞傍。
孟冬風沙緊，旌旗颯凋傷。畫角悲海月，征衣卷天霜。
揮刀斬樓蘭，彎弓射賢王；單于一平蕩，種落自奔亡。收功報天子，行歌歸咸陽。

有抒懷詩，如將進酒，襄陽歌，笑歌行，悲歌行。

將進酒

君不見黃河之水天上來，奔流到海不復廻！君不見高堂明月悲白髮，朝如青絲暮如雪！人生得意須盡歡，莫使金樽空對月。天生我材必有用，千金散盡還復來。烹羊宰牛且爲樂，會須一飲三百杯。

岑夫子，丹丘生，將進酒，君莫停，與君歌一曲，請君爲我側耳聽：

鐘鼓饌玉不足貴，但願長醉不願醒；古來賢聖皆寂寞，惟有飲者留其名。

陳王昔時宴平樂，斗酒十千恣讙謔。主人何爲言少錢，徑須沽取對君酌。

五花馬，千金裘，呼兒將出換美酒，——與爾同銷萬古愁。

襄陽歌

落日欲沒峴山西，倒着接籬花下迷。襄陽小兒齊拍手，攔街爭唱白銅鞮。傍人借問笑何事，笑殺山翁醉似泥。鸕鶿杓，鸚鵡杯，百年三萬六千日，一日須傾三百杯。遙看漢水鴨頭綠，恰似葡萄初發醅；此江若變作春酒，壘麴便築糟丘台。千金駿馬換小妾，笑坐雕鞍吹落梅。車傍側掛一壺酒，鳳笙龍管行相催。咸陽市中歎黃犬，何如月下傾金罍？君不見晉朝羊公一片石，龜頭剝落生莓苔；淚亦不能爲之墮，心亦不能爲之哀。清風明月不用一錢買，玉山自倒非人推。舒州杓，力士鐺，李白與爾同死生。楚王雲雨今安在，江水東流猿夜聲。

可以贈別，如鳴皋歌奉餞從翁清歸五厓山居，白雪歌送劉十六歸山，峨眉山月歌送蜀僧晏入中京，西嶽雲台送丹丘子，鳴皋歌送岑徵君。

白雲歌送劉十六歸山

楚山秦山皆白雲，白雲處處長隨君。長隨君，君入楚山裏，雲亦隨君渡湘水。湘水上，女蘿衣，白雲堪臥君早歸！

可以題書畫，如同族弟金城尉叔卿燭照山水壁畫歌，當塗趙炎少府粉圖山水歌，草書歌行。

草書歌行

少年上人號懷素，草書天下稱獨步，墨池飛出北溟魚，筆鋒殺盡中山兎。八月九月天氣凉，酒徒詞客滿高堂。牋麻素絹排數箱，宣州石硯墨色光。吾師醉後倚繩床，須臾掃盡數千張。飄風驟雨驚颯颯，落花飛雪何茫茫！起來向壁不停手，一行數字大如斗；怳怳如聞神鬼驚，時時只見龍蛇走；左盤右蹙如驚電，狀同楚漢相攻戰。——湖南七郡凡幾家，家家屏障書題徧。王逸少，張伯英，古來幾許浪得名。張顛老死不足數，我師此義不師古；古來萬事貴天生，何必公孫大娘渾脫舞？

可以歌詠自然，如侍從宜春苑奉詔賦龍池柳色初青聽鶯百囀歌。

東方己綠瀛州草，紫殿紅樓覺春好。池南柳色半青青，縈煙裊娜拂綺城。垂絲百尺挂雕楹，上有好鳥相和鳴，——間關早得春風情。春風卷入白雲去，千門萬戶皆春聲。

是時君王在鎬京，五雲垂暉耀紫清；仗出金宮隨日轉，天回玉輦繞花行。始向蓬萊看舞鶴，還過茝石聽新鶯。新鶯飛繞上林苑，願入簫韶雜鳳笙。

可以描寫關山道路，如關山月，塞下曲，蜀道難，行路難。

關山月

明月出天山，蒼茫雲海間，長風幾萬里，吹度玉門關。漢下白登道，胡窺青海灣。由來征戰地，不見有人還。戍客望邊邑，思歸多苦顏。高樓當此夕，嘆息未應閑。

蜀道難

噫，吁，戲，危乎，高哉，蜀道之難，難於上青天！蠶叢及魚鳧，開國何茫然？爾來四萬八千歲，不與秦塞通人煙。西當太白有鳥道，可以橫絕峨眉顛。地崩山摧壯士死，然後天梯石棧相鉤連。上有六龍迴日之高標，下有衝波逆折之回川。黃鶴之飛尚不得過，猿猱欲度愁攀援。青泥何盤盤，百步九折縈巖巒。捫參歷井仰脅息，以手撫膺坐長嘆！問君西遊何時還？莫畏巉巖不可攀！但見悲鳥號古木，雄飛從雌繞林間。又聞子規啼，夜月愁空山。——蜀道之難，難於上青天，使人聽此凋朱顏。

連峯去天不盈尺，枯松倒掛倚絕壁；飛湍瀑流爭喧豗，砯厓轉石萬壑雷。其險也如此，嗟爾遠道之人胡爲乎來哉！

劍閣崢嶸而崔嵬，一夫當關，萬夫莫開。所守或匪親，化爲狼與豺。朝避猛虎，夕避長蛇，磨牙吮血，殺人如麻。錦城雖云樂，不如早還家。——蜀道之難，難於上青天，側身西望長咨嗟。

吾嘗以爲樂府中有李白，如詞中之有蘇軾。胡適之先生詞選謂自蘇軾以後，『詞可以詠史，可以弔古，可以說理，可以談禪，可以用象徵寄幽妙之思，可以借音節述悲壯或怨抑之懷。』（商務精裝本頁一〇〇）故詞至蘇軾而範圍始放大，樂府亦至李白而領土益擴充。

此就境界言也。就風格而言，蘇軾之詞，李白之樂府，亦有同樣價值！陸游曰：『東坡詞，歌之曲終，覺天風海雨逼人。』（引見胡適詞選）李白樂府亦有此種氣魄，且於此種氣魄外，益以天馬行空之仙氣，故彌覺其『孤鳳鳴天倪，』（李白古風三十九）『天外恣飄揚，』（古風四十一）而我輩塵實俗子，遂視如「姑射仙人」，可望而不可卽焉。

其遺詞造句，更有極大膽，極恣縱之嘗試與成功。昔人謂「退之以文爲詩，子瞻以詩爲詞。」（陳師道）李白則更加解放，以「一切文學爲樂府」。姑就茲篇所舉數首，論舉於下。如曰：

「淚亦不能爲之墮，心亦不能爲之哀。」（襄陽歌）

如曰：

「清風明月不用一錢買，玉山自倒非人推。」（仝上）

如曰：

「地崩山摧壯士死，然後天梯石棧相鉤連。上有六龍迴日之高標，下有衝波逆折之回川。黃鶴之飛尙不得過，猿猱欲度愁攀援。」（蜀道難）

如曰：

「一夫當關山，萬夫莫開。」（仝上）

如曰：

「朝避猛虎，夕避長蛇，磨牙吮血，殺人如麻。」(仝上)

若僅覩單句，不見全文，不惟不似樂府，亦且不似詩詞，而取全篇讀之，覺增此全幅俱振，覺增此益感凌空蹈厲之妙，——此亦以前所無，至李白而始有者也。

飯顆山頭逢杜甫，頂戴笠子日卓午。
借問因何太瘦生，總為從前作詩苦！

——李白

杜甫字子美，本襄陽人，後徙河南鞏縣。天寶初，應進士不第。天寶末，獻三大禮賦，玄宗奇之，試文章，授京兆府兵曹參軍。安祿山陷京師，肅宗徵名靈武，甫自京師宵遁赴河西謁肅宗於彭原郡，拜拾遺。後以為房琯辯護，貶華州司功參軍。上元二年，嚴武鎮成都，奏為節度參謀檢校尚書工部員外郎。甫於成都浣花里，種竹植樹，結廬枕江，縱酒嘯詠，與田夫野老相狎蕩，無拘檢。嚴武過之，有時不冠，其傲誕如此。永泰元年，武卒，甫無所依，以其家避亂荆楚，二年卒，年五十九。（據舊唐書一九〇下）

舊唐書言「天寶末，甫與李白齊名，而白自負文格放達，譏甫齷齪，而有「飯顆山」之嘲誚。」然元稹則盛推杜甫，卑棄李白，謂：

「李白以文奇取稱，時人謂之李杜。予觀其壯浪縱恣，擺去拘束，模寫物象，及樂府歌詩，誠亦差肩於子美矣。至若鋪張終始，排比聲韻，大或千言，次或數百，詞氣豪邁，而風調清深，屬對律切，而脫棄凡近，則李尚不能歷其藩翰，況堂奧乎？」

蓋李以才氣勝，杜以功力勝，李白「飯顆山」之誚，正可以見出杜甫之精神，杜詩之功力。其樂府歌行，最精采者，自爲人人稱誦之兵車行，麗人行，及前後出塞……等篇。

兵車行

車轔轔，馬蕭蕭，行人弓箭各在腰。耶孃妻子走相送，塵埃不見咸陽橋；牽衣頓足攔道哭，哭聲直上干雲霄。

道傍過者問行人，行人但云點行頻。或從十五北防河，便至四十西營田；去時里正與裹頭，歸來頭白還戍邊。

邊庭流血成海水，武皇開邊意未已。君不見，漢家山東二百州，千村萬落生荊杞；縱有健婦把鋤犁，禾生隴畝無東西。況復秦兵耐苦戰，被驅不異犬與雞。

長者雖有問，役夫敢申恨！且如今年冬，未休關西卒，縣官急索租，租稅從何出！信是生男惡，反是生女好；生女猶得嫁比鄰，生男埋沒隨百草。

君不見，青海頭，古來白骨無人收，新鬼煩冤舊鬼哭，天陰雨濕聲啾啾。

麗人行

三月三日天氣新，長安水邊多麗人；態濃意遠淑且真，肌理細膩骨肉勻；繡羅衣裳照暮春，蹙金孔雀銀麒麟。頭上何所有？翠微㔩葉垂鬢脣。背後何所有？珠壓腰衱穩稱身。就中雲幕椒房親，賜名大國虢與秦。紫駝之峰出翠釜，水精之盤行素鱗。犀筯厭飫久未下，鑾刀縷切空紛綸。黃門飛鞚不動塵，御廚絡繹送八珍。簫鼓哀吟感鬼神，賓從雜遝實要津。

後來鞍馬何逡巡，當軒下馬入錦茵。楊花雪落覆白蘋，青鳥飛去銜紅巾。——炙手可熱勢絕倫，愼莫近前丞相嗔！

前出塞（九首錄二）

驅馬天雨雪，軍行入高山，逕花抱寒石，指落曾冰間。已去漢月遠，何時築城還？浮雲暮南征，可望不可攀。

單于寇我壘，百里風塵昏；雄劍四五動，彼軍爲我奔；虜其名王歸，繫頸授轅門。潛身備行裂，一勝何足論。

後出塞（五首錄一）

朝進東營門，暮上河陽橋。落日照大旗，馬鳴風蕭蕭，平沙列萬幕，部伍各見招。中天懸明月，令嚴夜寂寥，悲笳數聲動，壯士慘不驕。借問大將誰？恐是霍嫖姚。

唐初以至中世，詩人詞士，力反南朝綺縟纏綿之習，走入雄闊壯偉之域，固能爲文學開闢許多新境界，新風格。但末流之弊，文人喜說壯語，成功一種「誇大狂」之風氣。及安史之亂，兩京淪陷，唐室幾亡，太平之迷夢已破，大禍之逼迫已臨，「誇大狂」之「紙老虎」，已完全揭穿。由是如夢初醒，趨漸走入實在一方面，由「誇大狂」變爲憂國憂民，由歌舞昇平變爲傷感亂離，由凌空蹈厲，空中樓閣，變爲腳踏實地，社會風俗；總之由奢靡，名貴，暇逸，優越之「仙」的文學，變爲切實，質樸，緊迫，平常之「人」的文學。

杜甫前後出塞，尚稍有「誇大狂」之風，兵車行，麗人行等篇，則完全走向寫實路上。此亦治文學史者所當特別注意者也。

麗人行爲楊貴妃姊妹而發；於時楊國忠爲宰相，貴妃姊妹虢國夫人秦國夫人，皆受恩寵，有大權勢，極奢靡淫肆之至，故甫作詩以刺之。兵車行爲當時强徵兵丁而發；於時契丹，奚，突厥，吐蕃等，屢次擾邊，唐室屢次出兵討伐。天寶十年，劍南節度使鮮于仲通討雲南蠻，大敗，詔募兩京及河南河北兵，人民不欲應募，楊國忠遣御史分道捕人，枷送軍前。杜甫歷遊各地，備知民間所受徵兵之苦，爲作兵車行。故麗人行，兵車行皆刺政治權貴之作。

政治與社會，互爲因果，社會紊亂，能使政治不安；政治紊亂，亦能使社會不安。天寶間，政治既如此紊亂，社會又何得安寧？杜甫對當時社會上種種亂離不安之苦況，更觸目怵心，遂發爲寫實之樂府詩歌；例不勝舉，而新安吏，潼關吏，石壕吏，新婚別，垂老別，無家別，……等章，最爲描寫盡致，爲士林人人所傳誦。

新安吏

客行新安道，喧呼聞點兵。借問『新安吏，縣小更無丁。』『府帖昨夜下，次選中男行。』『中男絕短小，何以守王城？』肥男有母送，瘦男獨伶俜。白水暮東流，青山猶哭聲。——莫自使眼枯，收汝淚縱橫；眼枯即見骨，天地終無情。……

無家別

寂寞天寶後，園廬但蒿藜。我里百餘家，世亂各東西。存者無消息，死者爲塵泥。——賤子因陣敗，歸來尋舊蹊。久行見空巷，日瘦氣慘悽。但對狐與狸，豎毛怒我啼。四隣何所有？一二老寡妻。宿鳥戀本枝，安辭且窮棲。方春獨荷鋤，日暮還灌畦。——縣令知我至，召令習鼓鞞。雖從本州役，內顧無所携；近行止一身，遠去終轉迷。家鄉既盪盡，遠近理亦齊。永痛長病母，五年委溝谿，生我不得力，終身兩酸嘶。——人生無家別，何以爲蒸黎！

杜甫對於農民問題，婦女問題，工人問題，亦極注意。農民問題詩，如大麥行：

大麥乾枯小麥黃，婦女行泣夫走藏。東至集壁西梁洋，問誰腰鐮胡與羌？豈無蜀兵三千人，簿領辛苦江山長。安得如鳥有羽翅，託身白雲歸故鄉。

婦女問題詩，如負薪行：

夔州處女髮半華，四十五十無夫家；更遭喪亂嫁不售，一生抱恨長咨嗟。土風坐男使女立，男當門戶女出入；十有八九負薪歸，賣薪得錢應供給。至老雙鬟只垂頸，野花山葉銀釵並。筋力登危集市門，死生射利兼鹽井。面粧首飾雜啼痕，地褊衣寒困石根。——若道巫山女麤醜，何得北有昭君邨？

工人問題詩，如最能行（劉須溪謂最能爲水手）：

峽中丈夫絕輕死，少在公門多在水。富豪有錢駕大舸，貧窮取給行艓子。小兒學問止論語，大兒結束隨商旅。欹帆側柂入波濤，撇漩捎濆無險阻。朝發白帝暮江陵，頃來目擊信有徵，瞿唐漫天虎鬚怒，歸州長年行最能。此鄉之人器量窄，悞競南風疏北客。若道士無英俊才，何得山有屈原宅？

杜甫以前，自唐初以至李白，多貴族階級文學，大夫階級文學，自杜甫始留心社會狀況，著眼民間疾苦，其表現之作品，多爲平民階級文學，農工階級文學。此其原因，大半因爲兩時期之政治與經濟，皆截然不同，而杜甫之一生流離坎軻，亦有關焉。

天寶以前，爲唐朝全盛時代，有極修明之政治，極繁榮之經濟，故產生之詩歌樂章，非歌舞昇平，即風花酒月。天寶以後，因政治之腐敗，招軍事之興起；因軍事之興起，致經濟之破裂；由是士庶兆民，顛沛失所。在此種悲苦，呻吟，號寒，啼飢之環境中，自然不能仍爲歡呼，笑傲，豪華，奢靡之貴族士夫文學，自然產生代表民衆呼籲之平民農工文學。杜甫詩曰：

> 歷歷開元事，分明在眼前，無端盜賊起，忽已歲時遷。

又有憶昔一首曰：

> 憶昔開元全盛日，小邑猶藏萬家室，稻米流脂粟米白，公私倉廩俱豐實。……宮中聖人奏雲門，天下朋友皆膠漆。百餘年間未災變，叔孫禮樂蕭何律。豈聞一絹値萬錢，有田種穀今流血！洛陽宮殿燒焚盡，宗廟新除狐兎穴。傷心不忍問耆舊，復恐初從離亂說！

據此知兩時代之政治，經濟，社會，皆截然不同，故文學亦隨之迴異。——此杜甫承初盛唐貴族文學之後，而走入平民文學之源於時代者也。至其自身境遇，更與初盛唐詩人不同，與李白尤不同。李白一生爲詩酒生活，浪漫生活，故其樂歌充滿超人意味，超現在意味。杜甫則不然，自叙言：

……騎驢三十載，旅食京華春。朝扣富兒門，暮隨肥馬塵。殘杯與冷炙，到處潛悲辛。主上忽見徵，歘然求欲伸。靑冥却垂翅，蹭蹬無縱鱗。

——奉贈韋左丞丈詩

杜甫一生在坎軻蹭蹬中掙扎，在飢寒窮迫中討生活，其所作詩歌，及他人記載中，隨處可見，最甚者如乾元二年，甫棄官客秦州同谷縣，自負薪採橡栗自給，兒女餓殍者數人。（兼採新舊唐書）至今讀其同谷七歌，猶爲之潸然淚下。——則其表現之文學，烏能爲歌舞昇平？烏能不走入代表民衆呼籲之平民文學？

以上皆論思想一方面，內容一方面。就藝術一方面，形式一方面言，杜甫亦與其以前人不同，與李白尤不同：自唐初以至李白，作詩者皆從樂府入手，格調形式，極解放，極自然，極從容。杜甫則「屬對律切，」究心聲調，自言「老去漸知詩律細。」又言「語不驚人死不休。」李白亦有「飯顆山頭」之譏，知漸走入規律一途，漸走入艱難締造一途。（參閱下論韓門師弟一節）——此亦兩時代之絕不同者也。

大曆貞元間（西七六六至八〇四）之樂府詞人，以韓門師弟及柳劉王建爲最著，今先敘韓門師弟：

韓愈爲古文大家，其里居行實，昭昭在人耳目，考辯敘次，擬俟駢散文；今不贅述。韓愈時代，唐人以樂府爲詩之運動，已經成功，由是其名爲樂府者，完全似詩，其名爲詩者（以古體詩爲最），亦有樂府之風味。此種趨勢，自唐初即極力醞釀，中間經許多大詞人之嘗試與努力，至李杜韓柳，遂告成熟。爲詩中開許多境界，增許多風格，其貢獻確爲不少。然專就「樂府文學」而論，則彼輩之運動，實致命傷之主因，故樂府遂失其特殊之地位而不能存在。但音樂文學，爲人類之急需品，爲人類之重要要求，故樂府文學遂脫胎再世，變爲小詞，又別求新生命矣。

韓愈以文爲詩，亦以文爲樂府。其樂府有拘幽操，越裳操，岐山操，履霜操，雉朝飛操，猗蘭操，將歸操，龜山操，別鶴操，……等篇。

履霜操

父兮兒寒，母兮兒飢，兒罪當笞，逐兒何為？
兒在中野，以宿以處；四無人聲；誰與兒語？
兒寒何衣？兒飢何食？兒行于野，履霜以足。
母生衆兒，有母憐之；獨無母憐，兒寧不悲？

雉朝飛操

雉之飛于朝日，羣雌孤雄，意氣橫出。當東而西，當啄而飛；隨飛隨啄，羣雌粥粥。
嗟我雖人，曾不如彼雉雞；生身七十年，無一妾與妃！

舊唐書一百六十言韓愈「少時，與洛陽人孟郊，東郡人張籍友善，二人名位未振，愈不避寒暑，稱荐於公卿間。籍終成科第，榮於祿仕。後雖通貴，每退公之暇，則相與談讌論文賦詩如平昔焉，而觀諸權門豪士如僕隸焉。」

孟郊，字東野，湖州人，少隱於嵩山。一生坎軻窮愁，志不得伸。嘗作詩曰：

『食薺腸亦苦，强歌聲無歡；出門即有礙，誰謂天地寬？』

屢次應試，而後得第。其落第詩云：

『棄置復棄置，情如刀劍傷。』

再下第詩云：

『兩度長安陌，空將淚見花。』

及得第，有詩云：

『昔人齷齪不足嗟，今朝曠蕩恩無涯，青春得意馬蹄疾，一日看盡長安花！』

可見其得之非易，故既得而狂喜也。韓退之答郊詩云：

『規模背時利，文字覷天巧。人皆餘酒肉，子獨不得飽。纔春思已亂，始秋悲又攪。朝餐動及午，夜諷常至卯。名聲暫羶腥，腸肝鎮煎炒。古心雖自鞭，世路終難拗。弱拒喜張臂，猛拏閑縮爪。見倒誰肯扶，從嗔我須齩。』

可知郊之窮愁潦倒，郊之性格奇特，郊之努力吟詠。蘇軾稱『元輕，白濁，郊寒，島瘦。』此雖刻薄之言，然眞足形容郊詩之特別風格。全唐詩話八引隱居詩話云：『孟郊詩蹇澀窮僻，琢削不暇，苦吟而成，觀其句法格力可見矣。其自謂：

『夜吟曉不休，苦吟鬼神愁，如何不自閑，心與身爲仇。』

初唐樂章詩歌，極自然，極解放，前已迭經証明，而晚唐則舉世知其尚雕琢，工對仗，極矯揉造作之至。此其轉變時期，太半在大曆貞元之間，而各家文學史，言者極尠。孟郊詩如此，與郊同受知於韓愈者有賈島，摭言載：

『島初赴名場，於驢上吟「鳥宿池中樹，僧敲月下門，」遇權京兆尹韓吏部，呵喝而不覺。洎擁至馬前，則曰：「欲作敲字，又欲作推字，神遊詩府，致冲大官。」愈曰：「作敲字佳矣。」』

此雖近於故事，未必卽爲事實，然卽此可知島作詩之費斟酌矣。

又有李賀者，亦受知於韓愈。李商隱作賀小傳言『能苦吟疾書。』又言

「每旦日出，與諸公遊，未嘗得題然後爲詩，如他人思量牽合以及程限爲意。常從小奚奴，騎跛驢，背一古破錦囊，遇有所得，即書投囊中。及暮歸，太夫人有婢探囊出之，見所書多，輒曰：「是兒要當嘔出心始已耳！」』

據此知當時詩人，多努力『思量牽合以及程限。』李賀雖不如此，然亦『苦吟』，與唐初之游戲詩樂者逈異。

其他大曆名士，亦率有雕琢之趨勢。劉太眞與韋蘇州（應物）書稱韋詩曰：

『宋齊間沈謝吳何，始精於理意，緣情體物，稱詩人旨，後之傳者，甚矣其源。推足以制其橫流，師摯之始，關雎之亂，於足下之文見之矣。』

宗師沈謝吳何，知以工整聲律爲事矣。

全唐詩話稱劉文房詩，『詩體雖不新奇，甚能錬飾，十首已上，語意稍同，於落句尤甚。」

顧況詩，皇甫湜稱其「往往若穿天心，出月脅，意外驚人語，非常人所能爲，甚快意也。」

其他所謂大曆十才子，泰半爲律詩作家，古體似非所尚。所以趙執信談龍錄曰：

「聲病興而詩有町畦。然古今體之分，成於沈宋，開元天寶間或未之尊也。大曆以還，其途判然，不復相入。」

推考此種趨勢，雖至大曆始成潮流，而濫觴似起與世無間然之詩聖杜甫。元稹稱杜甫詩之勝於李白者，爲「排比聲韻」，爲「屬對律切」。檢杜甫詩，雖無體不備，而長律（排律）似其專美。甫前長律極少，有之亦無精采，杜甫則誠如元稹所言，「大或千言，次或數百，」（並引見前）洋洋大觀矣。世人艷稱李杜，實則李杜絕然不同：李白爲「仙的」文學，杜甫爲「人的」文學；李白爲浪漫派，杜甫爲寫實派；李白不重聲律，杜甫極重聲律。所以李白識杜甫齷齪，有飯顆山頭之誚；杜甫亦識李白不知詩法，謂『何時一樽酒，重與細論文。』所以李白為初盛唐之結束者，杜甫為中晚唐之開創者。

今選錄孟郊樂府數首：

湘弦怨

昧者理芳草，蒿蘭同一鋤；狂飇怒秋林，曲直同一枯。嘉木忌深蠹，哲人悲巧誣，靈均入迴流，靳尚為良謨。我願分衆泉，清濁各異渠。我願分衆巢，梟鸞相遠居。此志諒難保，此情竟何如？湘弦少知音，孤響空踟躕！

出門行

長河悠悠去無極，百齡同此可歎息。秋風白露霑人衣，壯心凋落奪顏色。少年出門將訴誰，川無梁兮路無歧。一聞陌上苦寒奏，使我佇立驚且悲。君今得意厭粱肉，豈復念我貧賤時！

折楊柳

楊柳多短枝，短枝多別離，贈遠屢攀折，柔條安得垂？青春有定節，離別無定時；但恐人別促，不怨來遲遲。莫言短枝條，中有長相思，朱顏與綠楊，併在別離期。

張籍，字文昌，貞元十五年登進士第，補太常寺太祝，轉國子助教秘書郎。

白樂天讀籍詩集云：

「張公何爲者，業文三十春；尤攻樂府詞，舉代少其人。」

姚合讀籍詩，有詩云：

「妙絕江南曲，淒涼怨女詩，古風無敵手，新語是人知。」

在此究心聲律時代，籍詩實爲比較自然者，蓋亦獨好樂府故耳。姚合欣賞其江南曲怨女詩，其實，二首似非籍樂府歌詩之最美者。茲舉江南曲：

江南人家多橘樹，吳姬舟上織白紵，土地卑濕饒虺蛇，連木爲牌入江住。江村亥日常爲市，落帆度橋來浦裏。清沙覆城竹爲屋，無井家家飲潮水。長干午日沽春酒，高高酒旗懸江口。娼樓兩岸臨水柵，夜唱竹枝留北客。江南風土歡樂多，悠悠處處盡經過。

余最愛其採蓮曲及節婦吟：

秋江岸邊蓮子多，採蓮女兒凭船歌。青房圓實齊戢戢，爭前競折漾微波。試牽綠莖下尋藕，，斷處絲多刺傷手。白練束腰袖半卷，不插玉釵妝梳淺。船中未滿度前洲，借問阿誰家住遠。歸時共待暮潮上，自弄芙蓉還蕩槳。——採蓮曲

君知妾有夫，贈妾雙明珠，感君纏綿意，繫在紅羅襦。妾家高樓連苑起，良人執戟明光裏。知君用心如日月，事夫誓擬同生死。還君明珠雙淚垂，何不相逢未嫁時！——節婦吟寄東平李司空師道

籍樂府不惟歌詠風情，亦頗留意社會問題，如築城曲，野老歌，……等篇。

野老歌

老農家貧在山住，耕種山田三四畝；苗疏稅多不得食，輸入官倉化爲土。歲暮鋤犁傍空室，呼兒登山收橡實。西江賈客珠百斛，船中養犬長食肉。

婦女問題，更所注重，如離別，妾薄命，別離曲，離婦，……等篇皆是。

別離曲

行人結束出門去，幾時更踏門前路。憶昔君初納采時，不言身屬遼陽戍。早知今日當別離，成君家計良爲誰？男兒生身自有役，那得誤我少年時？不如逐君征戰死，誰能獨守空閨

裏！

李賀亦韓愈弟子列，愈嘗與皇甫湜聯騎造賀門，賀總角荷衣而出，爲高軒過詩以記遇。賀字長吉，李牧之序其文集，言「賀生二十七年死矣。」

李賀樂府詩詞別具特殊風格，古人形容美人曰，「冷如秋霜，豔如桃李，」「冷豔」二字，確可爲賀詞評語。其最有名之作，爲金銅人辭漢歌。原有序曰：「魏明帝靑龍元年八月，詔宮官牽車西取漢孝武捧露盤仙人，欲立置前殿。宮官既拆盤，仙人臨載，乃潸然淚下，唐諸王孫李長吉遂作金銅人辭漢歌。」其辭曰：

茂陵劉郎秋風客，夜聞馬嘶曉無跡。畫欄桂樹懸秋香，三十六宮土花碧。魏官牽車指千里，東關酸風射眸子。空將漢月出宮門，憶君清淚如鉛水。衰蘭送客咸陽道，天若有情天亦老。攜盤獨出月荒涼，渭城已遠波聲小。

亦有極哀豔之離曲，如有所思：

去年陌上歌離曲，今日君書遠遊蜀。簾外花開二月風，臺前淚濕千行竹。琴心與妾腸，此夜斷還續。想君白馬懸雕弓，世間何處無春風？君心未肯鎮如石，妾顏不久如花紅。夜殘高碧橫長河，河上無果空白波。西風未起悲龍梭，年年織素攢雙蛾。江山迢遞無休絕，淚眼看燈乍明滅。自從孤燈深鎖窗，桂花幾度圓還缺！鴉鳴向曉鳴森木，風過池塘響叢竹。白日蕭條夢不成，橋南更問仙人卜。

艷麗之情歌，如少年樂：

芳草落花如錦地，二十長遊醉鄉裏。紅纓不動白馬嬌，垂柳金絲香拂水。英娥未笑花未開。，綠鬢聳墮蘭雲起。陸郎倚醉牽羅袂，奪得寶釵金翡翠。

韓愈孟郊張籍朋友，有盧仝者，自號玉川子，為元和間有數詩人，然樂府詞極少。其實此時代之樂府與詩，已完全冶為一爐。所謂樂府者，不過依傍樂府古題，或漫名為「歌」，為「行」，為「曲」者耳，其實與詩已不能分別。故此時代為「詩樂合一時代」，亦即樂府漸趨衰亡時代。

仝依傍樂府古題者，似祇有有所思：

當時我醉美人家，美人顏色嬌如花；今日美人棄我去，青樓珠箔天之涯。天涯娟娟姮娥月，三五二八盈又缺。翠眼蟬鬢生別離，一望不見心斷絕。——心斷絕，幾千里，夢中醉臥巫山雲，覺來淚滴湘江水。——湘江兩岸花木深，美人不見愁人心。含愁更奏綠綺琴，調高弦絕無知音。美人兮美人，不爲暮雨兮爲朝雲。相思一夜梅花發，忽然窗前疑是君。

漫名爲歌，行，曲者，亦不多見，樓上女兒曲爲極哀豔之戀歌：

誰家女兒樓上頭，指揮婢子挂簾鉤。林花撩亂心之愁，卷却羅袖彈箜篌。箜篌歷亂五六弦，羅袖掩面啼向天。相思弦斷情不斷，落花紛紛心欲穿。心欲穿，憑欄干，相憶柳條綠，相思錦帳寒。直緣感君恩愛一迴顧，使我雙淚長珊珊。我有嬌靨待君笑，我有嬌蛾待君掃。鶯花爛熳君不來，及至君來花已老。心腸寸斷誰得知，玉階幂歷生青草。

王建，字仲初，潁川人。大曆十年進士。初爲渭南尉，歷祕書丞，侍御史。太中中出爲陝州司馬，從軍塞上。後歸咸陽，卜居原上。工樂府，與張籍齊名。

建亦頗留意婦女問題，社會問題，如促促行（一作促刺調）

促促復剌剌，水中無魚山無石。少年雖嫁不將歸，頭白猶著父母衣。田邊舊宅非我有，我身不及逐雞飛。出門若有歸死處，猛虎當衢向前去。百年不遺踏君門，在家誰喚爲新婦？豈不見他鄰舍娘，嫁來常在舅姑傍？

再如當窗織：

歎息復歎息，園中有棗行人食。貧家女爲富家織，翁母隔牆不得力。水寒，手澀，絲脆斷，續來，續去，心腸爛。草蟲促促機下鳴，兩日織成一疋半。輸官上頂有零落，姑未得衣，身不著。當窗却羨青樓倡，十指不動衣盈箱。

『却羨青樓倡』，眞赤裸而大膽之表情也。

再如水夫謠：

苦哉生長當驛邊，官家使我牽驛船，辛苦日多樂日少，水宿沙行如海鳥。逆風上水萬斛重，前驛迢迢後淼淼。半夜緣堤雪和雨，受他驅遣還復去。衣寒衣濕披短蓑，臆穿足裂忍痛何？到明辛苦無處說，齊聲騰踏牽船出。一間茆屋何所宜？父母之鄉去不得！——我願此水作平田，長使水夫不怨天。

建樂府歌詞有極富嘗試精神，極具特別詞采者，如宛轉詞：

宛宛轉轉勝上紗，紅紅綠綠苑中花，紛紛泊泊夜飛鵶，寂寂寞寞離人家。

古謠：

一東一西隴頭水，一聚一散天邊霞，一來一去道上客，一顛一倒池中麻。

兩頭纖纖：

兩頭纖纖青玉玦，半白半黑頭上髮，偏偏仆仆春冰裂，磊磊落落桃花結。

柳宗元與劉禹錫爲摯友，然柳宗元以文名家，劉禹錫以詩名家。故柳詩纔當劉詩三分一。（全唐詩柳四卷，劉十二卷）至於樂府詞，則柳宗元更極寥寥。有古東門行一首，無甚精采。此外行路難三首，尚比較可觀。茲錄一首：

飛雪斷道冰成梁，侯家熾炭雕玉房。蟠龍吐耀虎喙張，熊蹲豹躑爭低昂。攢巒叢崒射朱光，丹霞翠霧紛奇香。美人四向迴明璫，雪山冰谷晞太陽。星躔奔走不得止，奄忽雙燕棲虹梁。鳳台鷺樹生光飾，死灰棄置參與商。盛時一去貴反賤，桃生葵扇安可當？

劉禹錫與柳宗元爲友，亦與白居易爲友，居易嘗叙其詩曰：『彭城劉夢得，詩豪者也，其鋒森然，少敢事者。』

禹錫樂府詩詞亦以社會，男女，諸目前問題爲多。今略舉數首：

插田歌

原有序云：『連州城下俯接村墟，偶登郡樓，適有所感，遂書其事爲俚歌，以俟采詩者。』

岡頭花草齊，燕子東西飛，田塍望如線，白水光參差。農婦白紵裙，農父綠蓑衣，齊唱田中歌，嚶佇如竹枝。但聞怨響音，不辨俚語詞；時時一大笑，此必相嘲嗤。水平苗漠漠，煙火生墟落，黃犬往復還，赤雞鳴且啄。

路旁誰家郎，烏帽衫袖長，自言『上計吏，年幼離帝鄉。』

田夫語計吏：『君家儂定諳；一來長安道，眼大不相參。』

計吏笑致辭：『長安眞大處，省門高軻峩，儂入吾度數。昨來補衛士，唯用筒竹布。君看二三年，我作官人去。』

泰娘歌

原有序云：『泰娘本韋尚書家主謳者。初尚書爲吳郡得之，命樂工誨之琵琶，使之歌且舞。無何，盡得其術。居一二歲，携之以歸京師。京師多新聲善工，於是又捨去故技，以新聲度曲。而泰娘名字往往見稱於貴遊之間。元和初，尚書薨於東京，泰娘出居民間，久之，爲蘄州刺史張愻所得。其後愻坐事謫居武陵郡。愻卒，泰娘無所歸，地荒且遠，無有能知其容與藝者，故日抱樂器而哭，其音焦殺以悲。客聞之，爲歌其事以續於樂府云。』

「泰娘家本閶門西，門前綠水環金隄，有時妝成好天氣，走上臯橋折花戲。風流太守韋尚書，路傍忽見停隼旟，斗量明珠鳥傳意，紺幰迎入專城居。長鬟如雲衣似霧，錦茵羅薦承輕步，舞學驚鴻水榭春，歌傳上客蘭堂暮。從郎西入帝城中，貴遊簪組香簾櫳，低鬟緩視抱明月，纖指破撥生胡風，繁華一旦有消歇，題劍無光履聲絕。洛陽舊宅生草萊，杜陵蕭蕭松柏哀。妝奩蟲網厚如蠒，博山爐側傾寒灰。

蘄州刺史張公子，白馬新到銅駝里，自言買笑擲黃金，月墮雲中從此始。安知鵩鳥座隅飛，寂寞旅魂招不歸。秦嘉鏡有前時結，韓壽香銷故篋衣。山城少人江水碧，斷鴻哀猿風雨夕。朱弦已絕爲知音，雲鬢未秋私自惜。舉目風煙非舊時，夢尋歸路多參差。何如將此千行淚，更灑湘江斑竹枝？

初盛唐詩人，率皆努力作樂府新詞，但未明目張膽，樹「新樂府」之旗幟；首樹「新樂府」之旗幟者，似爲白樂天？白樂天有新樂府五十首。自序雖言「其體順而律，可以播於樂章歌曲也。」然又曰「篇無定句，句無定字，繫於意，不繫於文。」則知彼絕不模仿古樂府，故特標一「新」字以別之。

於時樂天知友有元微之者，雖有「樂府古題」若干首，然自序言：「沿襲古題，唱和重復，於文或有短長，於義咸爲贅賸。……近代唯詩人杜甫悲陳陶，哀江頭，兵車，麗人等，凡所歌行，率皆卽事名篇，無復倚傍。余少時與友人樂天李公垂輩，謂是爲當，遂不復擬賦古題。」卽其所作「古樂府題」，亦非模仿古樂府，不過藉古樂府題以名篇耳。故不曰『古樂府』，而曰『古樂府題』。自序言：『昨梁州見進士劉猛李餘各賦古樂府詩數十首，其中一二十章，咸有新意，余因選而和之。其有雖用古題，全無古意者，若出門行不言離別，將進酒特書列女之類是也。其或頗同古義，全創新詞者，則田家止述軍輸，捉捕詞先螻蟻之類是也。』則雖用古題，全出新創。故唐代依舊曲，製新詞事業，至此遂告終止，唐代以樂府爲詩事業，至此遂告大成。杜甫歌行雖『卽事名篇，無復倚傍。』然未以『卽事名篇，無復倚傍』爲口號，未彰明較著對古樂府宣告獨立。對古樂府宣告獨立，以『卽事名篇，無復倚傍』爲口號，實始元白。白樂天雖自謂『其體順而律，可以播於樂章歌曲也。』然未聞曾『播於樂章』。故對古樂府宣告獨立之時，卽樂府歌詞壽終正寢之時。故茲樂府編叙至元白而止；後此雖間有一二詩人，模仿古樂府，但亦不成風氣，無叙次之價值矣。

元微之，名稹，河南人，北魏拓跋氏帝室之後裔也。九歲能屬文，少年登「才識兼茂明於體用」科第一。穆宗卽位，知制誥。新唐書謂其「變詔書體，務純厚明切，盛傳一時。」兩年之中，拜爲宰相。後出爲同州刺史，轉越州。文宗三年，拜尙書左丞。四年，檢校戶部尙書，兼鄂州刺史，御史大夫，武昌軍制度使。五年（八三一），死于武昌，距生於代宗十四年（七七九），年五十三。

白樂天，名居易，下邽人，生於大曆七年（七七二）。自序言生六七月時，已能默識「之」「無」二字。（與元九書）登貞元十四年（七九八）進士，授祕書省校書郎。憲宗元和初，歷官翰林學士，左拾遺。後貶江州司馬，量移忠州刺史。十四年，召還京師，明年，升主客郎，與元微之同知制誥。文宗朝，歷太子賓客，分司東都，河南尹，太子少傅。武宗會昌中，以刑部尙書致仕。晚與香山僧如滿結香火社，自號香山居士。新唐書及李商隱所撰墓誌謂死於會昌六年，則年七十五；舊唐書謂死於大中元年，則年七十六。

元白於樂府詩歌，最推崇杜甫，對於杜甫之譏彈時政，注重社會問題，特別提倡，與以理論的根據，鑄成主義以宣傳，倡導，模仿，創造。元微之唐故工部員外郎杜君墓誌銘序曰：

『至於子美，蓋所謂上薄風騷，下該沈宋，古傍蘇李，氣奪曹劉，掩顏謝之孤高，雜徐庾之流麗，盡得古人之體勢，而兼人人之所獨專矣。使仲尼考鍛其旨要，尚不知貴其多乎哉？苟以爲能所不能，無可不可，則詩人以來，未有如子美者。』

又敍詩寄樂天書曰：

『又久之，得杜甫詩數百首，愛其浩蕩津涯，處處臻到，始病沈宋之不存寄興，而訝子昂（陳）之未暇旁備矣。』

白樂天與元九書曰：

『世稱李杜。李之作才矣，奇矣，人不逮矣；索其風雅比興，十無一焉。杜詩最多，可傳者千餘首，至於貫穿今古，覼縷格律，盡工盡善，又過於李。然撮其新安、石壕、潼關吏，蘆子關，花門之章，「朱門酒肉臭，路有凍死骨」之句，亦不過十三四。杜尚如此，況不逮杜者乎？』

杜甫雖多社會問題詩，然並未提倡社會問題詩，並未反對作詩而不注重社會。故可歸入寫實派，不能稱爲寫實主義者。元白始可稱爲寫實主義者；不惟作社會問題詩，且提倡社會問題詩，反對作詩而不注重社會。白有與元九書，元有敍詩寄樂天書，爲元白對文學之宣言書。元書曰：

『稹……年十五六，粗識聲病。時貞元十年已後，德宗皇帝春秋高，理務因人，最不喜文法吏生天下罪過。外閫節將，動十餘年不許朝覲，死於其地不易者十八九。而又將豪卒愎之處，因喪負衆，橫相賊殺，告變駱驛。使者迭窺，旋以狀聞天子曰，某色（當爲邑）將某能遏亂，亂衆寧附，願爲帥。名其衆情，其實逼詐。因而可之者，又十八九。前置介倅，因緣交授者，又十四五。由是諸侯敢自爲旨意；有羅列兒孩以自固者，有開導蠻夷以自重者。省寺符篆固几閣，甚者礙詔旨。視一境如一室，刑殺其下，不啻僕畜，厚加剝奪，名爲進奉，其實貢入之數百一焉。京城之中，豪第邸店以曲巷斷。侯甸之內，水陸腴沃以鄉里計。其餘奴婢資財生生之備稱之。朝廷大臣以謹慎不言爲朴雅。以時進見者，不過一二親信。直臣義士，往往抑塞。禁省之間，時或繕完墮壞，豪家大帥，乘聲相扇，延及老佛土木妖熾。習俗不恠。上不欲令有司備宮闈中，小碎須求，往往持幣帛以易餅餌。吏緣其端，剽奪百貨，勢不可禁。僕時孩騃，不慣聞見，獨於書傳中初習理亂萌漸，心體悸震，若不可活，思欲發之久矣。……不數年，與詩人楊巨源友善，日課爲詩。性復僻懶人事，常有閒暇，閒暇則有作。識足下時，有詩數百篇矣。習慣性靈，遂成病蔽。每公私感憤，道義激揚，朋友切磨，古今成敗，日月遷逝，光景慘節，山川勝勢，風雲景色，當花對酒，樂罷哀餘，通滯屈伸，悲歡合散，至於疾恙窮身，悼懷惜逝：凡有對遇異於常者，則欲賦詩。』

白書曰：

『感人心者莫先乎情，莫始乎言，莫切乎聲，莫深乎義。詩者，根情，苗言，華聲，實義。……周衰秦興，採詩官廢，上不以詩補察時政，下不以歌洩導人情。乃至於諂成之風動，救失之道缺，于時六義始刓矣。國風變爲騷辭，五言始於蘇李。蘇李騷人，皆不遇者，各繫其志，發而爲文。故何梁之句，止於傷別；澤畔之吟，歸于怨思，彷徨抑鬱，不及他耳。……晉宋已還，得者蓋寡。以康樂之奧博，多溺於山水；以淵明之高古，偏放於田園；江鮑之流，又狹於此；如梁鴻五噫之例者，百無一二焉。……至于梁陳間，率不過嘲風雪，弄花草而已！……僕常痛詩道崩壞，忽忽憤發，或食輟哺，夜輟寢，不量力，欲扶起之。……自登朝來，年齒漸長，閱事漸多，每與人言，多詢時務，每讀書史，多求理道，始知文章合爲時而著，詩歌合爲事而作。是時皇帝（憲宗）初即位，宰府有正人，屢降璽書，訪人急病。僕當此日，擢在翰林，身是諫官，手請諫紙啓奏之外，有可以救濟人病，裨補時闕，而難於指言者，輒詠歌之，欲稍稍進聞於上。……」

彼以爲詩之大用，在「下以詩歌洩導人情，」「俾在上者得『以詩歌察補時政。』」其所謂「人情」，乃民衆之情，非一己之情。其謂『詩者根情』之情，亦指民衆之情，非指一己之情。蓋彼最反對者，爲代表一己悲歡離合之個人文學，爲少數士大夫拈花弄草之消閒文學，故非薄屈宋蘇李，詆斥謝陶江鮑。所最提倡者，爲代表民衆呼籲之社會文學，爲察補時政之致用文學，故謂「文章合爲時而著，詩歌合爲事而作。」樂天對此種主義，不惟於與元九書發表正式宣言，正言誓詞。在他篇亦時時提倡宣傳。如讀張籍古樂府曰張君何爲者？業文三十春。……爲詩意如何？六義互鋪陳，風雅比興外，未嘗著空文。……上可裨教化，舒之濟萬民；下可理情性，卷之善一身。

我亦君之徒，鬱鬱何所爲？不能發聲哭，轉作樂府詞。篇篇無空文，句句必盡規。……非求宮律高，不務文字奇，惟歌生民病，願得天子知。

寄唐生（衢）詩曰：

據此知白樂天樂府詞，皆所以『歌生民病』者。故其新樂府自序亦曰：

『……其辭質而徑，欲見之者易諭也；其言直而切，欲聞之者深誡也；其事覈而實，使采之者傳信也；其體順而律，可以播於樂府歌曲也：總而言之，爲君，爲臣，爲民，爲物，爲事而作，不爲文而作也。』

元白文學觀所以如此者，大半由於當時政治腐敗，國民經濟破裂，天下黎民，舉不得安。故謂『心體悸震，若不可活，思欲發之。』故謂『有可以救濟人病，裨補時闕者，輒歌詠之。』而杜甫之社會問題詩，開導於前，亦有關焉。

但元白有與杜甫異者：杜甫雖不能謂爲極端之古典主義者，而自言「語不驚人死不休，」其詩歌終偏於典麗化，偏於文言化。元白則「非求宮律高，不務文字奇，」「其辭質而徑，」「其言直而切。」偏於平民化，偏於白話化。墨客揮犀謂「白樂天每作詩，令一老嫗解之，問曰解否？曰解則錄之，曰不解則又復易之。」此故事者流，蓋不可信，然即此可知世人承認樂天詩之白話化，平民化也。

茲選錄元白樂府各數首：

織婦詞

織夫何太忙？蠶經三臥行欲老。蠶神女聖早成絲，今年絲稅抽徵早。早徵非是官人惡，去歲官家事戎索。征人戰苦束刀瘡，主將勳高換羅幕。繰絲織帛猶努力，變緝撩機苦難織。東家頭白雙女兒，爲解挑紋嫁不得。（自注「予掾荊時，目擊貢綾戶有終老不嫁之女。」）簷前嫋嫋游絲上，上有蜘蛛巧來往。羨他蟲豸解緣天，能向虛空織羅網！

田家詞

牛吒吒，田确确，旱塊敲牛蹄趵趵，種得官倉珠顆穀。六十年來兵簇簇，月月食糧車轆轆。一日官軍收海服，驅牛駕車食牛肉。歸來攸得牛兩角，重鑄樓犂作斤斸。姑舂婦擔去輸官，輸官不足歸賣屋。願官早勝讎早覆，農死有兒牛有犢，誓不遣官軍糧不足。

右二首皆歌詠民間疾苦，皆社會問題詩。

連昌宮詞

連昌宮中滿宮竹，歲久無人森似束。又有牆頭千葉桃，風動落花紅蔌蔌。宮邊老人爲予泣，小年進食曾因入。上皇正在望仙樓，太眞同凭闌干立。樓上樓前盡珠翠，炫轉熒煌照天地。歸來如夢復如癡，何暇備言宮裏事？初過寒食一百六，店舍無煙宮樹綠。夜半月高絃索鳴，賀老琵琶定場屋。力士傳呼覓念奴，念奴潛伴諸郎宿。須臾覓得又連催，特敕街中許燃燭。春嬌滿眼睡紅綃，掠削雲鬟旋裝束。飛上九天歌一聲，二十五郎吹管逐。逡巡大遍涼州徹，色色龜茲轟錄續。李謩厭笛傍宮墻，偸得新翻數般曲。平明大駕發行宮，萬人鼓舞途路中，百官隊仗避岐薛，揚氏諸姨車鬭風。明年十月東都破，御路猶存祿山過。驅令供頓不敢藏，萬姓無聲淚潛墮。兩京定後六七年，却尋家舍行宮前，莊園燒盡有枯井，行宮門閉樹宛然。爾後相傳六皇帝，不到離宮門久閉。往來年少說長安，玄武樓成花萼廢。去年敕使因斫竹，偶值門開暫相逐。荊榛櫛比塞池塘，狐兎驕癡緣樹木。舞榭欹傾基尚在，文窗窈窕紗猶綠。塵埋粉壁舊花鈿，烏啄風箏碎珠玉。上皇偏愛臨砌花，依然御榻臨堦斜。蛇出燕巢盤鬬拱，菌生香案正當衙。寢殿相連端正樓，太眞梳洗樓上頭。晨光未出簾影黑，至今反挂珊瑚鉤。指似傍人因慟哭，却出宮門淚相續。自從此後常閉門，夜夜狐狸上門屋。

我聞此語心骨悲，太平誰致亂者誰？翁言野父何分別，耳聞眼見爲君說：姚崇宋璟作相公，勸諫上皇言語切。燮理陰陽禾黍豐，調合中外無兵戎。長官清平太守好，揀選皆言由相公。開元之末姚宋死，朝廷漸漸由妃子。祿山宮裏養作兒，虢國門前鬧如市。弄權宰相不記名，依稀憶得楊與李。廟謨顚倒四海搖，五十年來作瘡痏。今皇神聖丞相明，詔書纔下吳蜀平。官軍又取淮西賊，此賊亦除天下寧。年年耕種宮前道，今年不遣子孫耕。——老翁此意深望幸，努力廟謨休用兵！

右一首言天寶間之豪侈腐敗。此上皆元微之作。

新豐折臂翁（戒邊功也）

新豐老翁八十八，頭鬢眉鬚皆似雪。玄孫扶向殿前行，左臂憑肩右臂折。問翁臂折來幾年？兼問致折何因緣？翁云『貫屬新豐縣，生逢聖代無征戰，慣聽梨園歌管聲，不識旗槍與弓箭。無何天寶大徵兵，戶有三丁點一丁。點得驅將何處去？五月萬里雲南行。聞道雲南有瀘水，椒花落時瘴煙起。大軍徒涉水如湯，未過十人二三死。村南村北哭聲哀，兒別爺孃夫別妻。皆云前後征蠻者，千萬人行無一迴。

是時翁年二十四，兵部牒中有名字。夜深不敢使人知，偷將大石鎚折臂。張弓簸旗俱不堪，從茲始免征雲南。骨碎筋傷非不苦，且圖揀退歸鄉土。此臂折來數十年，一肢雖廢一身全。至今風雨陰寒夜，直到天明痛不眠。——痛不眠，終不悔，且喜老身今獨在。不然當時瀘水頭，身死魂飛骨不收，應作雲南望鄉鬼，萬人冢上哭呦呦。

老人言，君聽取，君不聞開元宰相宋開府，不賞邊功防黷武？又不聞天寶宰相楊國忠，欲求恩幸立邊功？邊功未立生人怨，請問新豐折臂翁。

繚綾（念女工之勞也）

繚綾繚綾何所似？不似羅綃與紈綺；應似天台山上月明前，四十五尺瀑布泉。中有文章又奇絕，地鋪白煙花簇雪。織者何人衣者誰？越溪寒女漢宮姬。去年中使宣口敕，天上取樣人間織。織爲雲外秋鴈行，染作江南春草色。廣裁衫袖長製裙，金斗熨波刀剪紋。異綵奇衣相隱映，轉側看花花不定。昭陽舞人恩正深，春衣一對値千金。汗沾粉汚不再著，曳土踏泥無惜心。繚綾織成費功績，莫比尋常繒與帛。絲細繰多女手疼，扎扎千聲不盈尺。昭陽殿裏歌舞人，若見織時應也惜。

陵園妾（憐幽閉也）

陵園妾，顏色如花命如葉。命如葉薄將奈何？一奉寢宮年月多。年月多，春愁秋思知何限？靑絲髮落叢鬢疎，紅玉膚銷繫裙縵。憶昔宮中被妬猜，因讒得罪配陵來。老母啼呼趁車別，宮中監送鏁門迴。山門一閉無開日，未死此身不令出。松門到曉月徘徊，柏城盡日風蕭瑟。松門柏城幽閉深，聞蟬聽燕感光陰。眠看菊蘂重陽淚，手把梨花寒食心。把花掩淚無人見，綠蕪牆遶靑苔院。四季徒支粧粉錢，三朝不識君王面。遙想六宮奉至尊，宣徽雪夜浴堂春。雨露之恩不及者，猶聞不曾三千人。三千人我伺，君恩何厚薄？願令輪轉直陵園，三歲一來均苦樂。

鹽商婦（惡幸人也）

鹽商婦，多金帛，不事田農與蠶績，南北東西不失家，風水爲鄉船作宅。本是揚州小家女，嫁得西江大商客。綠鬟富去金釵多，皓腕肥來銀釧窄。前呼蒼頭後叱婢。問你因何得如此？婿作鹽商十五年，不屬州縣屬天子，每年鹽利入官時，少入官家多入私。官家利薄私家厚，鹽鐵尙書遠不知。何況江頭魚米賤，紅鱠黃橙香稻飯。飽食濃妝倚柂樓，兩朶紅腮花欲綻。

鹽商婦，有幸嫁鹽商，終朝美飯食，終歲好衣裳。好衣美食來何處？亦須慚媿桑弘羊。桑弘羊，死已久，不獨漢世今亦有。

此首底爲惡幸人，面爲刺鹽商婦，即祇以面而論，亦一首極沈着痛狀之富有反抗性詩歌也。

❀　❀　❀

樂府至隋唐又爲模仿時期，末期更由模仿至於分化，由分化至衰落。隋代前已敘述；唐代樂府，根據此上所舉，又可分為兩個時期：

（一）詩樂分立時期，卽模仿時期——自唐初至李白。此時樂調雖亡，然多依傍古題，取法古辭，故能保持樂府之特別風格。其歌詠材料，偏於關塞，偏於征戰，偏於英雄兒女，成功一種豪華的貴族文學。

（二）詩樂合一時期，卽由分化而至衰落時期——自杜甫至元白。此時多『卽事名篇，無復依傍。』由是與詩不能分別，就樂府本身言，遂失其特別風格，遂由分化以至衰落。此時期之歌詠材料，偏於亂離，偏於時事，偏於人生社會，成功一種寫實的平民文學，社會文學。

第六章　結論

樂府文學自發生以至衰落，其演進變化之跡略如上述。唐代中世以後，樂府亡而詞興，至元朝詞衰而曲起；曲出於詞，詞出於樂府，故後人亦每名詞名曲爲樂府。然其格調聲色，終各有別，既已蔚爲大觀，自當各別論述，故茲中國文學史類編於樂府編外，別有詞編，戲曲編，而樂府編即止於中唐。中唐以後，以至現在，雖不無一二詩人，時或偶作仿古樂府，然鳳毛麟角，不成風氣，無敘述之價值。至歷代之郊祀宗廟諸樂章，其無文學價值，前已迭次說明，故亦畧而不論。

統觀全部樂府文學，蓋可分爲兩大支：一，兩漢創作樂府，及後世仿兩漢樂府；二，南北朝創作樂府，及後世仿南北朝樂府。其區別：兩漢樂府多雜言及長篇五言（近似五言古詩），內容多偏於社會問題。南北朝樂府多五言四句（近似五言絕句），內容多偏於兒女情戀。（此自然是就比較言）

文學最重創作，模仿之文，每不能精采，然亦須分別言之：初期模仿者每比較精美，內容形式，皆有可觀；後期模仿者每比較無聊，內容形式，皆感覺可厭。此其原因，以岡重創作，然大輅椎輪，每難盡善；而初期模仿者，可因之而加以改善，加以補充，故其成功每可與創作時期相抗，或竟駕而上之。至後期模仿之時，則此種文學之境界，已幾爲前人所盡發。既不能有新的境界，勢必至於上者可追似古人，而不能於古人之外，別有新成功；下者撫取皮毛，刻意摸擬，既失自然風趣，又無內容可取，毫無價值矣。

樂府有兩時期的創作。兩漢創作之後，首先模仿者爲魏，次晉，次南北朝。魏爲初期模仿者，晉南北朝爲後期的模仿者，故魏代之模仿樂府有聲有色，可歌可泣，晉南北朝即奄奄無生氣矣。南北朝創作之後，首先模仿者理當爲隋，但隋代爲時太暫，模仿事業尚未大成。至唐代則文人視取法古樂府，別製樂府新詞爲事業。此時南朝北朝兩種創作樂府，待開闢之園地甚多，兩漢樂府一支，亦以自兩漢以至陳隋，經若干人之努力，其過去成績，亦不無可采。故唐代之模仿樂府，其成功遂較建安有過之無不及。然以其漸合於詩，而別出者又成小詞，故中世以後，遂衰亡矣。

此言如不甚悖謬，可據製樂府演化簡表於下：

西曆紀元	中國朝代	兩漢支	南北朝支
前206—後195	兩漢	創作 ↓	
196—316	魏晉	模仿 ↓	
317—588	南北朝	模仿 ↙	創作 ↓
589—840	隋唐		模仿

（附注）魏代自建安算起，因曹操父子在建安時已開始作模仿樂府，曹氏父子不能不屬之於魏；其實建安時代，以政局而論，亦即曹氏之天下矣。晉斷自南渡以前，以南渡以後即所謂南北朝也。唐斷自八四〇年（文宗末年），以元稹卒於八三一年，白居易卒於八四六年（或八四七）也。

近來各種文學皆有人整理，尤以詞曲一類，因有强有力者之提倡鼓吹，由是風瀰雲漫，競相從事。其實曲出於詞，詞出於樂府，樂府爲詞曲之公祖，數典忘祖，其可乎哉？且詞曲所歌詠之對象，泰半不出男女情戀，花草風月。而樂府則男女風月有之，社會問題有之，關河道路有之，戰陣凱旋有之，祭祀禱神有之，其意境甚富，其材料甚豐。再以風格論之，詞曲率以纖巧勝，蘇子瞻稍趨疏蕩，即遭非詞正格之誚。樂府則纖巧者有之，疏朗者有之，質樸伉爽者有之。且樂調已亡，遺意攜詞，極可遂便，不似詞曲之一依調譜，斲傷自然。而注意於此者，似乎甚少。根澤少不自揆，妄事董理，事出創造，鮮所依仿，罣漏謬誤，自知難免。書此以爲學人研治之椎輪，自己努力之息壤。十九年五月五日脫稿於河南開封中山大學，八月十三日修改於北平南城未英胡同一號。